DEBUT D'UNE SERIE DE DOCUMENTS
EN COULEUR

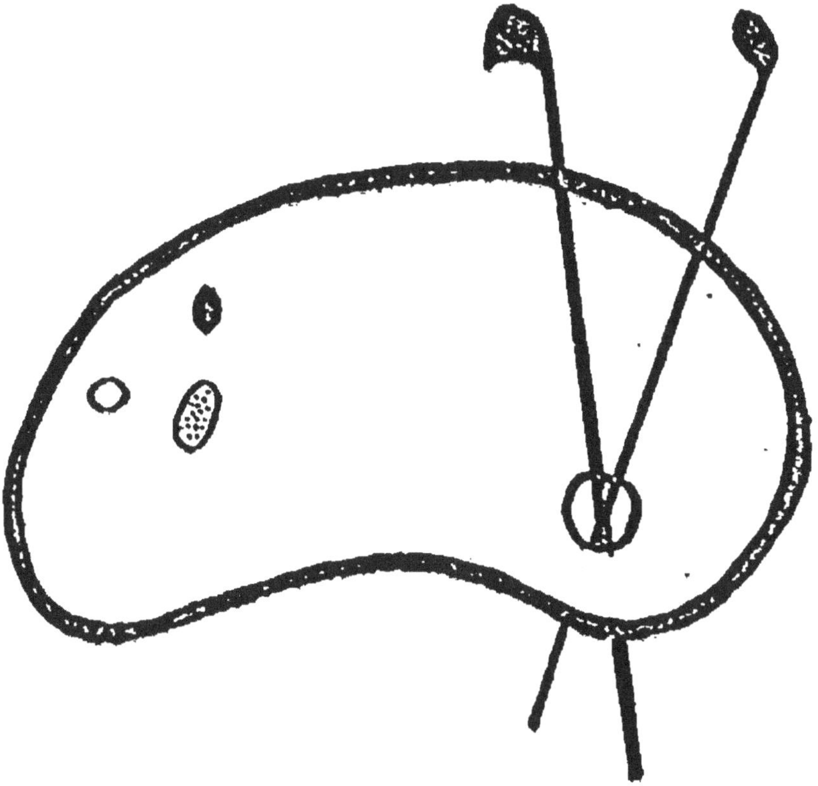

ÊTRE

OU NE PAS ÊTRE

—

NOUVELLES DIVERSES

PAR

Édouard DAMBLY

(1re édition).

—

PARIS

SOCIÉTÉ GÉNÉRALE D'IMPRIMERIE ET DE LIBRAIRIE

156, RUE MONTMARTRE, ET RUE DES JEUNEURS, 41

1878

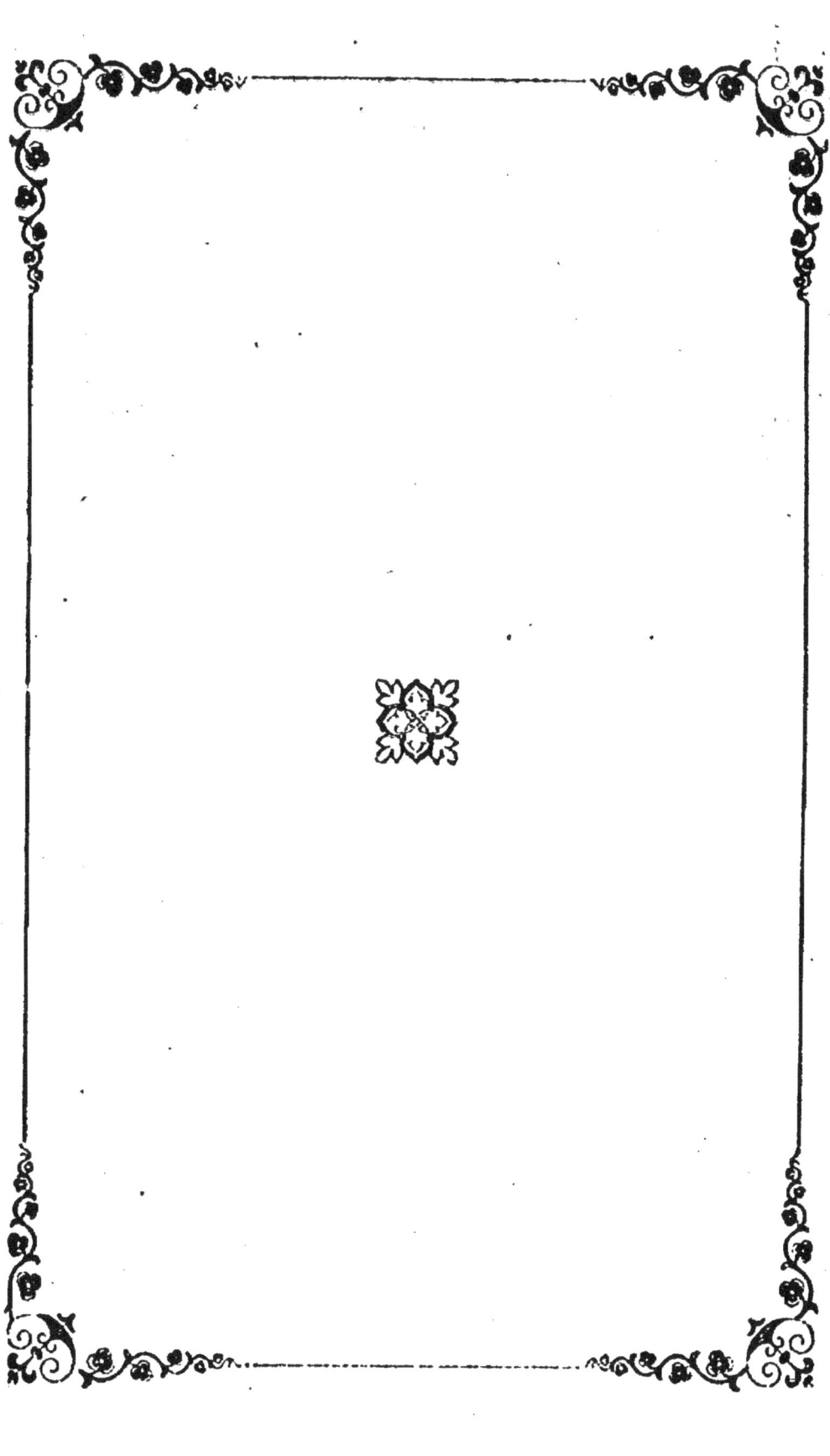

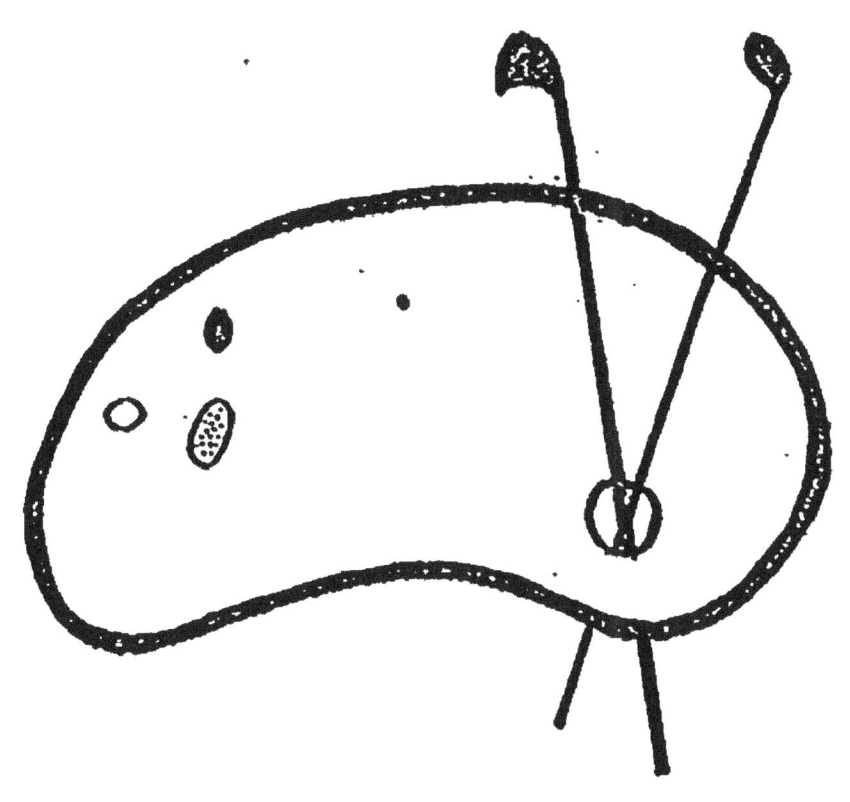

FIN D'UNE SERIE DE DOCUMENTS
EN COULEUR

8 of 1558

ÊTRE

OU NE PAS ÊTRE

ÊTRE

OU NE PAS ÊTRE

NOUVELLES DIVERSES

PAR

Edouard DAMBLY

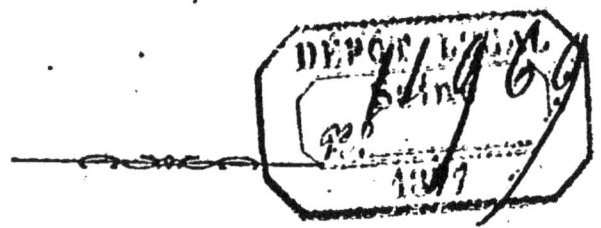

PARIS
SOCIÉTÉ GÉNÉRALE D'IMPRIMERIE
156, RUES MONTMARTRE ET DES JEUNEURS, 41

1878

Mademoiselle Déjazet.

Jamais je n'oublierai la représentation qui fut donnée à l'Opéra, le 27 septembre 1874, en l'honneur de Mlle Déjazet; j'ai eu la bonne fortune d'y assister : il y en a eu de plus belles, mais je ne crois pas qu'on puisse en voir de plus touchantes.

Malgré ses prodigieux succès de théâtre, la charmante artiste, qui a fait courir tout Paris pendant un demi-siècle, n'était pas riche vers la fin de son existence, tant s'en faut : elle ne l'avait même jamais été. Au milieu des fêtes de sa vie, elle n'avait jamais trouvé le moyen d'économiser seulement 100 francs : elle n'avait pas eu le temps d'y penser. Cependant l'âge était venu, et à soixante-seize ans, Déjazet n'avait pas de pain assuré : elle était encore, comme à dix-huit ans, un oiseau sur la branche.

Heureusement, la sympathie du public parisien ne lui fit jamais défaut, et au mois de septembre 1874, les artistes de tous les théâtres de Paris se mirent d'accord pour donner une grande représentation à son bénéfice. Cette représentation fut donnée dans la nouvelle salle de l'Opéra, peu connue encore du public parisien, et qui, ce jour-là, resplendissait de tous ses feux.

L'orchestre de l'Opéra joua l'ouverture de la *Muette*; Got se montra dans *Tartufe*; le corps de ballet, dans le deuxième acte de *Coppélia*, Déjazet elle-même joua l'un de ses rôles favoris, celui de *M. Garat*, et elle parut sur la scène entourée des artistes les plus célèbres de Paris : Mme Judic, Schneider, Van-Ghell, Ugalde, MM. Frédérick Lemaître, Bouffé, Laferrière, Dumaine, Lhéritier, Gil Pérès, et cent autres. La représentation, organisée en vingt jours, eut le plus grand succès : elle produisit 52,000 francs; et cette somme fut suffisante pour assurer le bien-être de l'artiste qui a peut-être le plus heureusement traduit à la scène toutes les manifestations de l'esprit français.

J'assistais à cette représentation avec deux de mes amis, M. Perrier, un propriétaire campagnard, et M. Delahaye, qui est à la tête d'une des meilleures maisons de commission de Paris. Tous trois nous fîmes notre partie en conscience dans le chœur des applaudissements, qui furent unanimes. Quand le public enthousiaste eut jeté sa dernière couronne, quand le rideau fut retombé sur toutes ces splendeurs et tous ces

souvenirs, nous allâmes faire ensemble un tour
de promenade sur les boulevards, et là, nous
devisions entre nous de l'existence agitée et
singulière de l'héroïne du jour, et de la fin la-
mentable à laquelle cette soirée venait l'arra-
cher. Il paraît qu'un mois auparavant, l'un des
reporters du *Gaulois*, errant à l'aventure dans
les rues de Montmartre, y découvrait par le
plus grand des hasards, Mlle Déjazet réfugiée
dans une mansarde au cinquième étage, et finis-
sant là, comme dit Béranger,

<blockquote>Sa vie, au printemps si joyeuse.</blockquote>

Son cœur se serre, il court à Paris, raconte
ce qu'il a vu au directeur de son journal, à ses
amis; une pensée généreuse à la fois naît dans
tous les cœurs... et voilà pourquoi, disais-je à
mes deux amis, nous sortons actuellement de
l'Opéra; voilà pourquoi nous venons d'apporter
notre obole, pour reconstruire la fortune écrou-
lée de celle qui charma si souvent les loisirs de
nos pères.

— L'infortune de Déjazet, dit M. Delahaye,
est une infortune éclatante qui frappe tous les
esprits et parle à tous les cœurs, et il a suffi
de la signaler pour éveiller en un clin d'œil
les sympathies du public, toujours si accessible
aux sentiments généreux. Nous voilà rassurés
sur son sort; mais que de gens ont, comme elle,
passé toute leur jeunesse à semer l'argent par

les chemins, et se trouvent, sur leurs vieux jours, dénués de toute ressource! N'avaient-ils donc aucun moyen d'éviter un pareil sort?

— Je n'en connais qu'un, répondit M. Perrier : c'est l'économie. Déjazet n'aurait eu qu'à mettre avec soin quelques capitaux de côté pendant ses années prospères, et elle serait riche aujourd'hui.

— Mon cher, ce serait compter sans la faiblesse humaine. On fait des économies pendant deux ans, pendant cinq ans, pendant dix ans; et puis, une occasion, que l'on croit merveilleuse, se présente, et pour en profiter, on se laisse entraîner à déplacer les fonds si sagement économisés. Un bijou à acheter, une maison de campagne à meubler, une affaire industrielle à entreprendre, que sais-je? mille piéges sont tendus, dans ce Paris tout bouillonnant d'activité, à qui possède un petit capital liquide.

— Cependant, ajoutai-je à mon tour, il y a quelque chose à faire à ce sujet. Nous ne pouvons pas admettre comme règle générale qu'on soit libre, au point de vue moral, de dépenser l'argent à pleines mains tant qu'on en a, pour venir retomber ensuite à la charge de sa famille, ou de sa commune, ou enfin à la charge de la société. Avec ce système-là, les hommes tranquilles et prévoyants seront toujours dupes des autres. On devrait obliger les gens à faire des économies pendant qu'ils sont jeunes, de manière à se créer des ressources pour la vieillesse.

— Les obliger ! croyez-vous que ce soit possible ? me demanda M. Perrier. La circulation de l'argent doit rester libre.

— Vous voyez cependant que cela se fait déjà pour une certaine classe de la société, aujourd'hui très-nombreuse, je veux parler des fonctionnaires et des employés. Certes ils ne roulent pas sur l'or : on entre dans un ministère avec 15 ou 1,800 francs de traitement, et souvent on se retire à l'âge de cinquante ou cinquante-cinq ans, sans jamais avoir touché plus de 5 à 6,000 francs par an. Eh bien, malgré cela, vous le savez comme moi, chaque ministère, chaque administration fait tous les mois une faible retenue sur ces appointements, si modiques qu'ils soient ; et quand l'employé se retire et rentre dans ses foyers, on le met au doux régime de la *retraite*. Bien qu'il ne travaille plus pour l'État, l'État commence alors à lui tenir compte des économies annuelles qu'il a gérées pour lui pendant sa vie active ; il lui en tient compte en lui payant une retraite, une pension, qui lui est scrupuleusement versée chaque trimestre, et qui lui suffit pour vivre.

Il y a donc moyen, et de faire des économies, et de les utiliser, et d'en tirer un résultat pratique très-intéressant. Voilà ce que je voudrais voir faire non-seulement aux fonctionnaires, mais aux simples particuliers.

— On est déjà entré dans cette voie, répondit M. Delahaye, depuis que l'esprit d'association a donné naissance à tant de grandes compagnies industrielles. Ce que l'État fait pour ses fonctionnaires se fait également pour les employés dans les compagnies de chemins de fer, de mines, de travaux publics, et pour les ouvriers eux-mêmes dans un bon nombre d'usines et de manufactures.

— C'est en effet un grand progrès. Mais le public isolé, le vrai public qui est là sans protection, abandonné à ses propres instincts souvent mauvais : c'est pour lui que je voudrais voir quelque chose de semblable. Il faudrait une organisation faite, un cadre, une sorte de tirelire individuelle plus ou moins obligatoire.

— Nous avons la caisse d'épargne.

— On en retire l'argent aussi facilement qu'on l'y verse. Elles auraient besoin de grands perfectionnements.

— Eh bien, Messieurs, reprit M. Delahaye, les caisses d'épargne perfectionnées dont vous réclamez la fondation existent déjà depuis longtemps. Elles fonctionnent au grand jour, et à la grande satisfaction de tous ceux qui ont eu le bon esprit d'y recourir.

— Comment les nommez-vous donc?

— Ce sont les compagnies d'assurances sur la vie. Ce que l'État fait pour ses fonctionnaires, ce que les chemins de fer font pour leurs employés, les compagnies d'assurances le font pour le public. Versez une faible prime tous les mois ou tous les ans, et vous vous assurez une retraite pour vos vieux jours. Si Mlle Déjazet s'était donné la peine de prélever, du temps de sa splendeur, 5 francs par mois, ou 60 francs par an, pour les verser à son compte dans une compagnie d'assurances, elle jouirait actuellement de 6,000 francs de rente; et elle n'attendrait pas d'une représentation à son bénéfice le repos de sa vieillesse.

— Mais c'est une sujétion que d'avoir une prime à payer tous les ans; Déjazet n'aurait jamais pu se l'imposer.

— On paye bien tous les ans son loyer et ses contributions à époque fixe : c'est à peu près la même chose. D'ailleurs elle aurait pu l'éviter en payant tout d'une seule fois. Elle aurait, après un de ses triomphes habituels au théâtre, prélevé une seule fois, à l'âge de vingt ans, une somme de 1,200 francs, pour les affecter à sa pension de retraite, qu'elle se serait assurée ainsi une pension annuelle de 6,000 francs dont elle aurait à jouir paisiblement à partir de ce jour. N'y a-t-il pas là matière à bien des réflexions pour ceux qui pensent à l'avenir ?

— Comment! L'on peut se faire 6,000 francs de rente viagère en ne versant qu'une prime de 60 francs par an, ou qu'une somme une fois payée de 1,200 fr. ?

— Mais certainement : voyez les tarifs des Compagnies ; vous y trouverez tous ces chiffres. Il est vrai que nous parlons ici d'un cas tout à fait exceptionnel ; nous parlons de Mlle Déjazet, qui aurait pu commencer ses versements à vingt ans, et qui en a aujourd'hui soixante-seize.

— Déjazet, soixante-seize ans ?

— C'est comme j'ai l'honneur de vous le dire. Elle est née, d'après Vapereau, qui est trop galant pour la vieillir, le 30 août 1798 ; et elle a débuté à Paris dans *Fanchon toute seule*, sous le consulat, en 1803.

— A l'âge de ?...

— Cinq ans.

— C'est le Louis XIV du théâtre ! Mais revenons à ces pensions de retraite, qui m'intéressent vivement. Est-ce qu'il existe à Paris des Compagnies qui fassent avec le public ces sortes d'opérations ?

— Comment, s'il en existe ! Ce sont, je vous l'ai dit, les Compagnies d'assurances sur la vie, que vous devez bien connaître de réputation. Les plus anciennes fonctionnent en France depuis plus d'un demi-siècle ; il y en a aujourd'hui une douzaine à Paris, et elles ont la gestion de capitaux qui s'élèvent bien ensemble à un demi-milliard. Depuis qu'elles existent, aucune des Compagnies françaises n'a jamais manqué à ses engagements ; du reste, il leur serait impossible de ne pas suivre le droit chemin, car toute spéculation est bannie de leurs opérations. Elles sont soumises, par leurs statuts, à l'autorisation et à la surveillance du gouvernement, et elles ne peuvent placer leurs fonds qu'en valeurs de premier ordre : rente française, immeubles, obligations garanties par l'État, etc. On n'a donc jamais à craindre avec elles ces désastres financiers, ces faillites plus ou moins imprévues qui viennent quelquefois frapper les maisons de banque, dont l'existence est basée sur la spéculation. Du reste, il était nécessaire que l'État demandât les garanties les plus complètes à des Compagnies qui ont entre les mains une portion importante de l'épargne française. D'ailleurs, Messieurs, si vous désirez, sur la constitution de ces Compagnies, quelques détails plus circonstanciés, vous n'avez qu'à vous adresser à celle à laquelle je suis moi-même assuré.

— Comment ! vous êtes assuré ?

— Mais oui.

— Assuré contre l'incendie ?

— Sur la vie, vous dis-je.

— Vous êtes assuré sur la vie !

Et l'honnête M. Perrier se recula d'un pas, pour mieux considérer son interlocuteur,

comme s'il avait eu devant les yeux un phé-
nomène extraordinaire.

— Je le suis depuis deux ans, et je me félicite tous les jours d'avoir pris ce parti.

— Expliquez-moi donc ce que c'est au juste.
J'en ai quelquefois entendu parler, mais fort
vaguement, par un journaliste que vous con-
naissez bien, Charles Métivier ; mais j'avoue
que je n'y ai jamais compris grand'chose.

— Alors vous êtes comme le brosseur du
capitaine, qui appréciait beaucoup le pâté de
foie gras.

— Comment cela?

— Il n'en avait jamais mangé, mais il avait
un de ses cousins placé chez un colonel, et le
colonel en mangeait souvent.

— Précisément. D'ailleurs je vous dirai entre nous que je crois Métivier un peu socia-
liste, un peu phalanstérien, et je n'ajoute pas
beaucoup de confiance à ses théories. Mais
vous, je serais très-heureux que vous m'ex-
pliquiez cela en deux mots ; car vous êtes un
homme pratique. Et en même temps, ajouta-
t-il en voyant que M. Delahaye ne prenait
pas cette qualification pour un compliment,
en même temps vous savez marcher avec le
siècle.

— Eh bien, mon cher, je serai très-volon-
tiers votre professeur; seulement il est trois
heures du matin : Mlle Déjazet doit être cou-

chée depuis longtemps, et nous ferons bien, je crois, d'aller en faire autant. Mais si vous voulez venir me voir un de ces jours, je satisferai avec plaisir votre curiosité. Voici mon adresse, ajouta-t-il en lui remettant sa carte de visite.

DELAHAYE

64, rue de l'Échiquier.

A bientôt; j'espère.

Et nous nous séparâmes, pour regagner nos pénates chacun de notre côté.

Le Commissionnaire en marchandises.

Le lendemain j'étais rentré dans le courant de ma vie ordinaire. J'avais lu mes journaux habituels, déjeuné à mon café, et fait un tour au Bois; et j'avais complétement oublié Mlle Déjazet, et M. Delahaye, et l'assurance sur la vie.

Mais quelques jours après, le hasard me fit passer par la rue de l'Échiquier, où je fus arrêté par un camion sortant d'une cour; et comme je lis, par instinct, tout ce qui me passe sous les yeux, j'épelai machinalement, pendant que le camion défilait, le nom de son propriétaire inscrit sur une plaque du brancard, conformément aux règlements de police. Cette plaque disait :

DELAHAYE,

Commissionnaire en marchandises.

— Ce qui me rappela immédiatement la soirée passée à l'Opéra en compagnie de mes amis. Je jetai un coup d'œil dans la cour : on y voyait pêle-mêle des marchandises de toute espèce, que des commis et des ouvriers emballaient et déballaient dans tous les coins. Des services en porcelaine, des tapis d'Orient, des pendules, des rouleaux de papiers peints, des cristaux, des conserves, du chocolat, et mille autres produits de l'industrie allaient, au milieu d'un désordre apparent, se ranger chacun dans la caisse qui lui était destinée.

C'est une singulière profession que celle du commissionnaire parisien. Il ne produit et ne fabrique rien ; il ne transporte pas les marchandises chez l'acheteur, ne garantit pas leur arrivée, ne les répare pas quand elles sont avariées. Il se borne à acheter en gros chez le fabricant pour le compte des marchands, qui eux-mêmes vendent en détail au public. Son existence seule prouve combien, dans les grandes villes, le temps est précieux, combien la division du travail y est nécessaire, et comme on se soucie peu de la maxime nouvelle d'une certaine école : *Plus d'intermédiaires entre le producteur et le consommateur !* Pour ma part, je suis très-heureux au contraire qu'il y ait des intermédiaires, pourvu toutefois qu'on ne m'oblige pas à m'en servir quand je n'en ai pas envie. Dans ces conditions-là, plus il y en a, plus leurs affaires sont brillantes, et plus on peut dire, à mon avis, que la civilisation fait ses preuves.

Je faisais rapidement ces réflexions tout en regardant dans la cour de la rue de l'Échiquier, lorsque je distinguai mon ami Delahaye qui allait de côté et d'autre en donnant quelques ordres, marchant sur la paille d'emballage et sur les débris de quelques porcelaines brisées, comme un général d'armée sur les éclats d'obus. Je m'avançai vers lui, je lui serrai la main, et nous voilà bientôt à causer de nouveau de mille sujets divers.

— J'ai revu, me dit M. Delahaye, notre ami Perrier qui a passé dernièrement la soirée à l'Opéra avec nous, à la représentation de Déjazet. Dès le lendemain, il est venu me demander des détails sur mon contrat d'assurance sur la vie, qui paraissait l'intriguer beaucoup.

— Ma foi, je suis dans le même cas, et je regrette de n'avoir pas été présent à votre entretien; car j'en aurais profité pour me former une idée nette d'une opération dont les détails sont loin de m'être familiers.

— Oh! qu'à cela ne tienne! Je puis parfaitement vous répéter en cinq minutes tout ce que j'ai eu à lui expliquer. Rien n'est plus simple. Voici mon contrat, poursuivit M. Delahaye en me tendant une feuille de papier timbré qu'il était allé prendre dans son secrétaire. Je paye 2,500 francs de prime par an, c'est-à-dire 1,250 francs tous les six mois, et la Compagnie s'est engagée à verser, lors de mon décès, un capital de 100,000 francs à ma femme ou à mes enfants. Je paye donc, pendant ma vie, l'intérêt de 2 1/2 pour cent du capital qui est dès à présent assuré à ma famille.

— 2,500 francs par an. Hum ! N'est-ce pas une prime un peu chère?

— Je gagne 25,000 francs par an dans mon industrie. J'en dépense 15, et j'en économise 10, année moyenne. Au lieu d'acheter tous les ans pour 10,000 francs d'obligations de chemins de fer, je n'en achète que pour 7,500 francs, et je consacre 2,500 francs à ma police d'assurances.

— C'est alors plutôt pour vous un placement de fonds qu'une assurance proprement dite ?

— Les savants disent que mon opération tient à la fois de l'un et de l'autre; mais, pour moi, vous comprenez bien que je ne tiens pas à lui donner tel ou tel nom. Elle me rassure sur l'avenir, et elle me permet de dormir tranquille, c'est tout ce que je lui demande ; qu'elle s'appelle après cela du nom qu'elle voudra. Ma fortune n'est pas faite, bien loin de là, puisque je cours toute la journée pour la faire : je veux être sûr, si je mourais avant d'avoir eu le temps de l'achever, de laisser au moins à ma femme une honnête aisance. Je n'ai ici que mon bureau, mon *office*, comme on dit à Londres ; ma famille habite à Auteuil un petit pavillon près du chemin de fer. Si je meurs avant d'avoir cédé ma clientèle, on tirera de mon fonds de commerce ce qu'on pourra, mais au moins mes enfants pourront continuer à jouer dans leur petit jardin.

— Mais, n'avez-vous pas eu des formalités ennuyeuses à remplir, une visite médicale à subir ?

— Des formalités ? Il n'y a que l'État qui en impose ; l'industrie particulière sait s'en passer.

Pour contracter mon assurance, je me suis présenté à la Compagnie, un jour après mon déjeuner ; j'y ai trouvé le médecin de service, qui m'a demandé si je n'avais pas de maladie de cœur, si je respirais bien, si je digérais en conscience. Pendant ce temps, l'on rédigeait mon contrat, celui que je viens de vous montrer ; j'ai payé ma première prime de 1,250 francs et je l'ai rapportée avec moi.

— Quelle Compagnie avez-vous choisie ?

— On les dit toutes bonnes ; mais, comme il faut bien choisir, je me suis adressé, après des renseignements minutieusement pris, à la Compagnie du Soleil. C'est celle dont les tarifs sont le moins élevés, de sorte que, pour un

prix plus faible, j'obtiens une marchandise qui
est exactement la même dans une Compagnie
que dans l'autre.

— Ainsi, vous payez 2,500 francs par an pour
en recevoir 100,000? Si je calcule bien, je
vois que, dans quarante ans, vous aurez payé
intégralement le capital, qu'on ne fera que
vous restituer.

— C'est parfaitement exact.

— Et si l'on tient compte des intérêts, on
peut dire que, si vous vivez encore trente ans,
vous aurez déjà payé autant que vous rece-
vrez.

— Aussi, si j'étais sûr de vivre encore trente
ans, n'aurais-je probablement pas fait l'opération. Mais les commissionnaires en marchandises ne sont pas immortels. Je dors tranquille ; j'ai acheté la sécurité, et je trouve que
je ne l'ai pas payée trop cher.

— Il est cependant certain que la Compagnie fait un bénéfice sur vous, ou sur d'autres;
sans quoi, les banquiers X et Y, que je sais être
à la tête du Conseil d'administration, ne l'auraient pas fondée.

— Vous avez parfaitement raison. — Oui,
tous les ans, la Compagnie fait des bénéfices.
Elle n'est, comme moi, qu'un intermédiaire :
elle fait la commission ; elle exerce son industrie, comme moi, et, comme moi, elle gagne
de l'argent. Quoi de plus naturel ? toute peine

mérité salaire. Je ne suis pas l'ennemi de ceux qui gagnent de l'argent, car je sais que c'est avec ceux-là seuls qu'on peut en gagner soi-même. Quand j'achète des soieries ou des cristaux pour le compte d'un commerçant en pleine prospérité, je sais qu'il gagnera de l'argent sur mes opérations ; mais je m'en frotte les mains, parce que je suis sûr d'être payé. Si, au contraire, je traite avec la maison des *Pilules du Diable,* je crains toujours que la faillite n'arrive avant mon règlement de comptes.

— C'est égal ; je m'étonne, objectai-je à M. Delahaye, qu'un homme, placé comme vous l'êtes dans le mouvement, et à qui il est facile de placer ses capitaux en affaires productives, ait eu recours à l'assurance sur vie. A votre place, j'aurais préféré m'assurer moi-même, c'est-à-dire faire fructifier mes propres économies. Vous faites, évidemment, une mauvaise spéculation : puisque l'affaire est avantageuse pour la Compagnie, il faut bien qu'elle soit désavantageuse pour les assurés, au moins en moyenne.

— C'est possible, répondit M. Delahaye ; mais moi, je ne suis pas une moyenne à moi tout seul. On peut parler de moyenne quand on se place au point de vue d'une Compagnie, qui opère sur des centaines de mille têtes ; mais il n'y a plus de moyenne pour celui qui n'est lui-

même qu'une unité dans le grand total. Vous
me la baillez belle avec votre moyenne. Un
homme qui possède une fortune de 200,000 francs
ira-t-il la jouer tout entière sur un coup de dés,
quand même on s'engagerait à lui payer 400,000
francs, en cas de gain, pour ne lui prendre que
ses 200,000 francs, en cas de perte? Son opération serait avantageuse au point de vue du
seul calcul mathématique, puisque *la moyenne*
de ce qui lui restera après la partie terminée ressort encore à 300,000 francs, capital supérieur
à sa fortune actuelle ; mais celui qui la mettrait
en pratique commettrait tout simplement un
acte de folie. Je ne veux pas me placer dans le
même cas ; je ne veux pas qu'une mort préma-
turée, qui est, après tout, dans le nombre des
événements possibles, suffise pour plonger ma
famille dans la misère. Voilà pourquoi je m'assure, préférant, au lieu de m'exposer à cette
éventualité, perdre quelque chose sur la
moyenne de mes primes. Si la Compagnie gagne
un peu d'argent sur moi, encore une fois tant
mieux. Si elle fait de grands bénéfices — et ce
n'est pas bien sûr — c'est parce qu'elle a
beaucoup d'assurés : sur chacun d'eux, soyez
certain qu'elle gagne très-peu de chose tous
les ans. Une Compagnie peut avoir environ
10,000 assurés ; et combien croyez-vous qu'elle
distribue par an à ses actionnaires? 200, 300,
peut-être 500,000 francs : c'est 50 francs qu'elle

gagnerait alors sur chacun de ses 10,000 assurés, *en moyenne*. Voilà l'importance réelle du sa-crifice qui m'est demandé ; voilà ce que je paye en trop, tout le reste de mes primes étant des-tiné à constituer peu à peu le capital qui me sera versé le jour où il deviendra exigible. J'achète donc au prix de 50 francs par an la sé-curité, le calme de la vie, la satisfaction de ma conscience de père de famille. Connaissez-vous quelque part une meilleure affaire ? D'ailleurs, si je me trompe, je me tromperai en bonne com-pagnie. Le prince de Galles est assuré ; l'im-pératrice Eugénie est assurée ; Robert Peel était assuré pour 500,000 francs, et il est mort des suites d'une chute de cheval ; le duc de Hamilton était assuré pour la même somme, et il est mort subitement, aussi par accident. Je pourrais vous citer mille autres personnages qui prennent tous les jours le même parti, car les assurances qui ont été faites, jusqu'à ce jour, par les diverses Compagnies du globe, sont évaluées ensemble au chiffre de...... Devinez !

— Que sais-je ? cent, deux cents millions ?
— Beaucoup plus.
— Cinq cents millions ? un milliard ?
— Je pourrais encore vous dire bien des fois : beaucoup plus ! j'aime mieux vous dire tout de suite que ce chiffre fabuleux est de 25 milliards, ou 25,000 millions de francs.

— Je croyais que l'assurance sur la vie était quelque chose de beaucoup moins répandu, et surtout de plus compliqué. Il paraît qu'il y a des savants qui s'en occupent, qui piochent cette science-là comme de l'algèbre, et qui accumulent les X et les Y pour la démontrer. Et quand je vois des savants quelque part, j'entends toujours en moi une voix qui me crie : Attendons ! c'est trop fort pour moi, et ce n'est pas encore pratique.

— Ma foi, me répondit en riant M. Delahaye, je ne sais pas s'il faut être savant pour être assureur, et même j'en doute fort. Mais, pour être assuré, ajouta-t-il avec une pointe d'ironie, il n'y a pas besoin d'être plus malin que vous et moi, ou que mon contre-maître, qui a suivi mon exemple, ajouta-t-il en voyant entrer cet employé qui venait lui faire signer une facture.

François, le contre-maître.

— François, dit M. Delahaye à son contre-maître, vous n'oublierez pas que nous avons un camion chargé de quinze caisses qu'il faut faire conduire au chemin de fer d'Orléans. Ce sont, ajouta-t-il à mon intention, des jouets d'enfants, des bijoux communs, des articles de Paris que j'envoie à la maison Benito Rios, de Buenos-Ayres. Il y en a pour plus de 200,000 francs, et chaque année je fais deux envois pareils, rien qu'à cette seule maison. Vous avez aussi à vous rendre chez Krieger, le fabricant de meubles du faubourg Saint-Antoine, pour surveiller l'emballage et le départ de douze douzaines de chaises de salle à manger, que je lui ai commandées pour le compte de Labrière, de Nantes. L'expédition doit avoir lieu demain matin.

— Je vais y aller à l'instant.

— Avant de partir, asseyez-vous ici cinq

minutes. Voici un de mes amis qui me demande des renseignements concernant l'assurance sur la vie. Je vous prie de lui expliquer vous-même l'opération que vous avez faite, d'après mes conseils.

—Ah! Monsieur, j'y pensais encore ce matin, parce que le payement de ma prime arrive bientôt. Je me disais même que, si je n'avais pas quelque chose comme 800 francs à payer par an pour cette assurance, j'aurais eu envie de prendre quelques actions dans la Compagnie du chemin de fer de France en Angleterre.

— Une fameuse idée que vous aviez là !

— On dit, Monsieur, que dans dix ans, cette entreprise rapportera cent pour cent.

— Si elle réussit. Mais, François, sachez que vous n'êtes pas assez riche pour construire des chemins de fer sous-marins : vous risqueriez d'y rencontrer plus d'un écueil. Continuez à payer votre prime d'assurance avec vos économies, et ne regrettez rien.

— Oh ! Monsieur, je ne regrette rien. Vous m'avez toujours donné de bons conseils ; et d'ailleurs, vous avez prêché d'exemple.

— Eh bien, expliquez donc à Monsieur ce que je vous ai forcé de faire ; car j'ai bien été obligé de vous forcer un peu la main.

— Voici. Je paye 840 francs par an à la Compagnie, 210 francs par trimestre. Si je meurs, ma femme recevra un capital bien net de 25,000 francs, qu'elle placera à sa fantaisie. Mais, comme je compte encore vivre longtemps, je me suis arrangé pour toucher aussi quelque chose de mon vivant. Quand j'aurai atteint l'âge de cinquante ans, c'est à moi-même que la compagnie payera les 25,000 francs.

— Cette combinaison me paraît en effet fort avantageuse.

— C'est un avantage qu'on ne me fait pas pour mes beaux yeux : on a augmenté ma prime en conséquence. On m'avait proposé d'abord de ne payer qu'une prime de 550 francs, et alors le capital de 25,000 francs aurait été payé à ma femme, seulement après mon décès. J'ai préféré augmenter ma prime de moitié, et toucher moi-même les 25,000 francs quand j'aurai atteint la cinquantaine.

— Vous serez encore trop jeune pour vous retirer ?

— A cet âge-là, Monsieur, l'on n'est déjà plus bien vaillant. Il est probable qu'alors je quitterai la maison Delahaye et la rue de l'Echiquier, et j'irai me retirer à Montmorency, qui est le pays de ma femme.

— Je ne vois pas, repris-je en m'adressant à François, que l'assurance joue un grand rôle là-dedans. Vous seriez arrivé au même résultat en économisant tout bêtement vos 840 francs par an, et en les replaçant tous les ans, ainsi ue les intérêts qu'ils auraient produits. Vous auriez acheté de la rente française, ou de bonnes obligations, et vous auriez de plus l'avantage d'avoir toujours votre capital sous la main.

— Monsieur, je vous arrête là, dit M. Delahaye. Ce que vous appelez un avantage me paraît au contraire pour François un grand inconvénient. S'il avait tous les trimestres un placement à chercher pour ses 210 francs, tantôt il en trouverait un bon, et tantôt un mauvais. Nous n'avons pas le temps ici d'étudier les valeurs de Bourse. Nous faisons des caisses d'emballage, et nous expédions des colis par terre et par mer, mais nous ne connaissons rien aux affaires financières. Il y en a de bonnes, et il y en a de désastreuses : il y a du Turc, il y a du Péruvien, et il y a le chemin de fer de Paris à Londres, dont François parlait tout à l'heure. Ces quelques mots qu'il a laissés échapper sont tout un poëme ; ils m'ont effrayé pour lui. Heureusement son contrat d'assurance est là comme une sauvegarde. Tous les trimestres, il a sa prime à payer : c'est là du moins un placement sûr pour ses économies. Et puis, vous parlez de replacer tous les ans les intérêts acquis, pour profiter des intérêts composés. C'est là une chose qui se dit, mais qui ne se fait pas, qui ne se fait que dans les livres, dans les calculs des savants, tout comme les oncles d'Amérique n'entrent plus aujourd'hui en scène qu'au théâtre.

Si François avait placé ses 840 francs annuellement, en obligations de chemins de fer par
exemple, il aurait à toucher par an à titre d'intérêt.....

— 42 francs environ, à 5 0/0.

— Eh bien, vous figurez-vous qu'en sortant
de la caisse du chemin de fer où ils les aurait
touchés, il irait les replacer de suite, sans se
permettre un petit prélèvement? N'aurait-il
pas une robe à acheter pour sa femme, des
joujoux pour ses enfants, des livres pour lui-
même, que sais-je? Il y a tant d'occasions de
dépenses! Votre position est très-bonne comme
elle est, François, et je vous engage vivement,
dans votre intérêt, à ne rien y changer, au
moins sans m'avoir consulté. D'ailleurs, j'ad-
mets que vous puissiez arriver à réaliser à peu
près la même somme pour l'âge de cinquante
ans, en plaçant vous-même vos économies à
mesure que vous pourrez en faire. Ne voyez-
vous pas autre chose dans votre contrat d'assurance?

— Quoi donc, Monsieur?

— Mais vous le savez aussi bien que moi.
C'est que, si vous avez le malheur de mourir
avant l'âge de cinquante ans, vous n'en laissez
pas moins à votre femme, à vos enfants, le
capital entier de 25,000 francs.

— C'est vrai, Monsieur, et c'est là la consi-
dération qui m'a décidé. En opérant ainsi, si

je vis jusqu'à cinquante ans, je ne me suis pas appauvri, et je me suis au contraire obligé à faire des économies ; si je ne vis pas aussi longtemps, je fais faire un grand bénéfice à ma famille.

— Un mot encore, Monsieur François : puisque vous avez bien voulu vous charger de me donner des explications, donnez-les moi complètes. Vous vous êtes engagé à payer à la Compagnie une prime de 840 francs par an, jusqu'à ce que vous ayez atteint l'âge de cinquante ans.

— De quarante-neuf ans seulement, Monsieur. A quarante-neuf ans je cesserai de payer ; à cinquante ans je toucherai mes 25,000 francs.

— Très-bien. Mais si, dans dix ans, par exemple, vous aviez changé d'idée ; si vous ne vouliez pas continuer votre assurance, soit parce que vous auriez fait un héritage, ce qui la rendrait inutile, soit parce que la prime vous paraîtrait trop chère, tout ce que vous auriez versé jusque-là se trouverait donc perdu ?

— Oh non ! Monsieur ; c'est un point sur lequel j'ai demandé des explications très-nettes ; et, s'il en avait été ainsi, je n'aurais certainement rien fait. Ce qui m'a décidé, c'est que je reste toujours libre de continuer mes versements ou de les cesser, tandis que la Compagnie est liée vis-à-vis de moi. Si je continue mes versements, la Compagnie aura

3

son engagement à remplir ; si je veux les cesser, mon contrat conserve toujours sa valeur, en proportion bien entendu du nombre de versements que j'ai faits. Si je n'ai versé que la moitié des primes exigées, on ne me payera à l'échéance que la moitié du capital convenu, 12,500 francs au lieu de 25,000 francs : il n'y a rien à dire, et c'est justice.

— Mais si vous préfériez, en cessant le payement de vos primes, céder en même temps tous vos droits, recevoir un capital moindre, et n'avoir plus à entendre parler de la Compagnie ?

— Je le pourrais encore : c'est un droit qui m'est réservé. Seulement au lieu de 12,500 fr., je n'aurais à recevoir de suite qu'un capital moins élevé. Au moins n'aurais-je pas versé mes primes en pure perte.

— Vous voyez, mon cher, que mon contremaître s'est parfaitement rendu compte de son opération, et qu'il l'a étudiée sous toutes ses faces. Aussi l'ai-je chargé de faire vis-à-vis de mes ouvriers ce que j'ai fait vis-à-vis de lui-même. Je désire qu'il leur fasse comprendre l'assurance, qu'il les entraîne par son propre exemple dans cette voie, qui est la voie du bien. Mon rêve, ce serait que chacun de mes ouvriers fût assuré pour un capital de 5,000 francs au moins. C'est une prime de 125 francs environ à payer par an, 5 francs à prélever sur le

salaire de chaque quinzaine. Un ouvrier parisien, qui reçoit 50 à 60 francs le samedi, peut
bien en prélever 5 à titre d'économie ; et du
moins il ne laissera pas sa femme dans la misère. S'il n'est pas marié, qu'il pense à ses
vieux jours, et qu'il se constitue une retraite,
une petite rente personnelle, pour l'époque à
laquelle il ne pourra plus travailler aussi acti-
vement. D'ailleurs, à mes yeux, un contrat
d'assurance est une garantie d'ordre, de pro-
bité, de prévoyance. Qu'un ouvrier vienne me
demander du travail ; s'il peut se présenter à
moi avec une police d'assurance à la main,
je trouverai toujours à l'occuper ; car je suis
sûr qu'il ne donnera chez moi que de bons
exemples.

— Vous me paraissez, mon cher, un par-
tisan bien convaincu de l'assurance sur la
vie.

— Comme tous ceux qui sont assurés.

— Je suis sûr que vous avez déjà envoyé
plus d'un client à votre Compagnie ?

— J'y envoie tous mes amis, comme je vais
bientôt vous y envoyer vous-même.

— Oh ! moi, c'est bien différent. Ma position
n'est pas la même, et je ne crois pas avoir besoin d'assurance.

— C'est ce que me disait aussi mon ami
Maynard, un agent de change que vous con-
naissez peut-être.

— J'ai souvent entendu parler de lui à la Bourse, où il est connu pour sa fermeté et sa droiture en affaires.

— Eh bien, Maynard est assuré depuis plusieurs années ; et, à mesure que ses affaires ont pris plus d'extension, il a augmenté à diverses reprises le capital pour lequel il était assuré. Ce capital doit s'élever aujourd'hui à 200,000 francs.

— Contez-moi donc cela ?

— J'aime mieux que vous entendiez cette explication de sa propre bouche, ce sera certainement plus intéressant pour vous ; et pour cela, voici ce que je vais vous proposer. J'ai rendez-vous en ce moment avec Lafitte, le banquier, notre ami commun, pour un malheureux procès qui me tombe sur les bras et je sais que M. Maynard doit s'y trouver. Consacrez-moi le reste de votre après-midi, et accompagnez-moi chez Lafitte. Vous pourrez assister à notre entretien, qui n'aura rien de bien secret ; et peut-être même pourrez-vous me donner un utile conseil. Par la même occasion, nous pourrons facilement causer avec M. Maynard.

— Ce sera avec grand plaisir.

— Eh bien, j'envoie chercher une voiture, et nous partons.

La doctrine de Monroë et la doctrine de Delahaye.

———

Nous voilà traversant le boulevard Montmartre, et roulant vers la rue Louis-le-Grand, où se trouve la maison de banque de M. Lafitte. M. Delahaye compulsait tristement un dossier dont il s'était muni ; et, frappant du revers de la main sur une liasse de bordereaux émanés d'une maison de banque anglaise, il murmurait à demi-voix :

— Une maison qui paraissait si solide !

— Vous aviez donc placé des fonds en Angleterre ? lui demandai-je pour provoquer des explications, qu'il paraissait du reste tout disposé à me donner.

— Oui, pour mon malheur, dans la maison Pauwell, Jackson and Cᵉ, sur laquelle j'avais eu d'excellents renseignements. Il y a maintenant suspension de payements par suite d'une

crise causée par la grève des ouvriers mineurs ; on parle d'une liquidation laborieuse,
d'une faillite peut-être. En attendant, mes
fonds sont accrochés ; me voilà obligé de plai-
der à Londres, d'y choisir un *solicitor*, d'y
aller moi-même peut-être, et je n'en ai pas le
temps. D'ailleurs, je ne sais pas même assez
d'anglais pour demander une plume et de
l'encre.

— Aussi, pourquoi placer vos fonds à l'é-
tranger ?

— Vous allez me dire ce que chacun me ré-
pète depuis ce malheureux événement : *Qu'al-
lait-il faire dans cette galère ?* Mon Dieu, j'ai
voulu tout simplement profiter d'un intérêt
très-avantageux qui m'était offert pour mes
fonds. On me donnait 7 pour cent en compte
courant, au lieu de 4 ou 4 1/2 à Paris. Malheureusement la banque Pauwel, Jackson and C°.
avait placé les capitaux provenant de ses dépôts en actions de Compagnies de mines. Les
premières années ont été très-brillantes : nous
avons aujourd'hui le revers de la médaille.

— Espérons que M. Lafitte vous donnera
quelques bons conseils pour sortir de là.

— J'aurais dû suivre pour mon compte ceux
que je lui donnais moi-même, à propos de son
assurance sur la vie. Quand il fut décidé à la
contracter, n'avait-il pas l'idée de s'adresser à
une Compagnie anglaise ? Gardez-vous en

bien, lui ai-je répété à plusieurs reprises. Où irez-vous payer vos primes, demander des renseignements, des comptes rendus, faire des modifications à votre police ? Où irez-vous toucher les sommes assurées ? La Compagnie, me direz-vous, a une agence à Paris. Qui vous dit que cette agence existera encore quand vous en aurez besoin ?

— Les Compagnies anglaises font donc des assurances en France ?

— Quelques-unes ; mais je ne crois pas que ce soient les meilleures, qui passent ainsi le détroit, pour augmenter considérablement leurs frais généraux, en se grevant d'une double administration. Qui voyons-nous à la tête des Compagnies anglaises, comme importance et comme bonne réputation ? La *Metropolitan*, la *London assurance*, le *London and Liverpool*, la *Royale*, l'*Impériale*, etc. Toutes ces compagnies-là ne viennent pas opérer en France, pas plus que nos bonnes Compagnies françaises ne vont travailler en Angleterre.

— On dit cependant, objectai-je, car j'avais lu cela le matin à la quatrième page de mon journal, on dit que les Compagnies étrangères d'assurances sur la vie qui opèrent en France, reconnaissent dans leurs polices la compétence des tribunaux français.

— Ah ! le bon billet qu'a La Châtre ! Elles la reconnaissent platoniquement, oui, sans doute; mais ce serait se payer de mots que d'accepter de pareilles déclarations. Supposons qu'un procès s'engage sur un point litigieux. La Compagnie étrangère a reconnu la compétence de nos tribunaux ; elle comparaît en effet devant eux, elle plaide, et, comme elle a tort, elle est condamnée. Mais il reste à faire exécuter le jugement, et vous n'en avez nul moyen, si ce n'est de vous adresser à l'ambassadeur accrédité, ou de recommencer tout le procès à l'étranger.

MM. Pauwell et Jackson m'avaient dit aussi qu'ils reconnaissaient la compétence des tribunaux français ; je pourrais facilement les faire condamner, par le tribunal de commerce de la Seine, à me payer. En serais-je plus avancé ? Ils invoqueront un *bill* de Georges III ou un statut de la reine Anne, et il faudra que j'aille faire exécuter le jugement à Londres, à mes frais. Heureusement je connais mes classiques, et j'ai lu *l'Huître et les deux Plaideurs*. Décidément, voyez-vous, on ne devrait jamais placer ses fonds qu'en France.

— Ne serait-ce d'ailleurs que par patriotisme...

— Le patriotisme est ici d'accord avec l'intérêt personnel. Soyons Français ! que diable ! La doctrine de Monroë dit : L'*Amérique aux Américains*. La doctrine de Delahaye sera à l'avenir : *les affaires françaises et les capitaux français aux maisons françaises.* Si j'avais toujours raisonné de la sorte, je ne serais pas maintenant à la poursuite de la maison Pauwell, Jackson and C°.

La réserve d'un agent de change.

———

Nous voilà arrivés rue Louis-le-Grand. Nous descendons à la porte d'une ancienne maison, ayant encore un certain cachet seigneurial, comme la plupart des hôtels de cette rue aristocratique, que déparent à peine quelques boutiques modernes. Le rez-de-chaussée est occupé par les bureaux de la Banque; il y a la cour vitrée, sans laquelle il semble aujourd'hui qu'il n'y ait plus de banque possible, et un large escalier en pierres de taille conduit, au premier étage, au cabinet de M. Lafitte.

Le cabinet du banquier et le bureau du journal sont les deux pôles de la civilisation moderne. De ces deux officines partent constamment, portés sur des millions de fils invisibles, des courants électriques qui s'entre-croisent en route, et vont exercer leur influence jusqu'aux limites les plus reculées du pays, sur le ministre en cravate blanche, sur le villageois en sabots, sur le capitaliste qui remue des millions, comme sur la cuisinière, qui, avec 600 francs de gages, économise 1,000 francs tous les ans. On pourrait appliquer à l'influence du banquier à notre époque les vers si connus de Malherbe :

Le pauvre en sa cabane, où le chaume le couvre
Est sujet à ses lois,
Et la garde qui veille aux barrières du Louvre
N'en défend pas nos rois.

C'est dans le cabinet du banquier, pour peu qu'on soit philosophe et ami de la maison, qu'il est curieux de venir de temps en temps passer quelques heures à écouter les allants et les venants : on est sûr d'en rapporter une riche moisson d'observations variées.

M. Lafitte avait lui-même avec la maison Pauwell, Jackson and C°, des comptes anciens et assez compliqués. Il mit à notre disposition leur compte courant et leur correspondance, et nous nous retirâmes, M. Delahaye et moi, dans un angle de la pièce, pour les examiner. Pendant ce temps, nous voyons entrer successivement dans le cabinet de notre ami une série de types parisiens des plus curieux, un élégant fils de famille qui propose des traites à l'escompte ; un employé supérieur de la préfecture de police qui vient demander des renseignements sur une entreprise financière peu catholique, annoncée à grand fracas dans les journaux; un attaché d'ambassade qui, tout en fumant un cigare, s'informe officieusement si l'emprunt projeté par le gouvernement de *** sera vu d'un œil favorable à la Bourse; le directeur d'un journal financier qui vient toucher le prix de mille abonnements, de ces abonnements que l'on ne se donne pas la peine de servir; un inventeur, qui, ayant fait la plus belle découverte industrielle, n'a plus besoin, pour la mettre à même de produire des millions, que d'une centaine de mille francs, destinés à la construction des premiers appareils, et enfin une foule d'autres personnages qu'il serait trop long d'énumérer en détail.

M. Lafitte n'avait pas eu un instant à nous donner quand arriva enfin M. Maynard, son agent de change et son ami, à qui il avait donné rendez-vous. Je passe sous silence la conférence que ces Messieurs eurent à tenir au sujet de l'examen des comptes de la maison Pauwell; mais tous deux, en la terminant, tombèrent parfaitement d'accord pour donner leur approbation à ce que M. Delahaye appelait sa doctrine : *les affaires françaises aux maisons françaises.*

M. Delahaye mit ensuite, à mon intention, la conversation sur l'assurance, et M. Maynard, prenant la balle au bond, et voyant que nous désirions avoir quelques détails sur la manière dont son contrat était conçu, nous dit, dès les premiers mots qui furent prononcés à ce sujet :

— Vous tombez très-bien en me parlant d'assurance aujourd'hui, car je sors précisément en ce moment des bureaux de ma Compagnie ; je viens de faire faire à mon contrat une modification que j'avais en vue depuis longtemps, et dont j'ai déjà parlé, je crois, à M. Lafitte le mois dernier. Je craignais qu'on ne me fît des difficultés, des objections ; mais je n'en ai rencontré aucune, et mon affaire est maintenant terminée. Je me sens le cœur plus léger, et je vais dîner avec un appétit !......

— Quels arrangements avez-vous pris avec la Compagnie ?

— Vous savez que, dès le jour où je suis monté au parquet, je me suis assuré pour 100,000 francs, payables à mon décès. Et à ce propos, chose singulière, c'est ce contrat d'assurance qui a déterminé mon mariage avec Mᴵˡᵉ Lerminier.

— Comment cela ?

— Il paraît que je ne paye pas de mine, au moins pour l'embonpoint ; et M. Lerminier, mon beau-père, s'était figuré, en voyant mon apparence peu robuste, que je devais avoir la poitrine faible, mauvais défaut pour un agent de change. Il ne voulait rien entendre, et il répondit d'abord par un refus à l'ami commun qui s'était chargé de lui demander pour moi la main de sa fille. Cet ami n'osait pas m'en parler, mais je l'appris néanmoins fort heureusement, par une voie détournée. Je ne fis qu'en rire ; j'allai trouver M. Lerminier, et, lui remettant ma police d'assurance : Croyez-vous, lui dis-je, que la Compagnie se serait engagée à payer 100,000 francs le jour de mon décès si ce décès devait, suivant toutes les probabilités, arriver prochainement? J'ai été examiné par son médecin, le docteur Trousseau ; voici la copie de son certificat : *Tous les organes sont en très-bon état ; la poitrine est bien conformée, les poumons fonctionnent de la manière la plus régulière.* M. Lerminier ne savait que dire ; mais, quand il eut bien examiné le rapport médical en question, la seule objection qu'il eût à faire tomba d'elle-même. Toutes les difficultés furent levées aussitôt, et mes bans ont été bientôt publiés.

Peu de temps après mon mariage, j'ai porté mon assurance au chiffre de 200,000 francs ; j'avais à payer alors une prime de 4,500 francs par an. Comme ma charge est très-bonne et que je fais des économies tous les ans, j'ai pensé qu'il ne me convenait pas d'avoir à payer la même prime de 4,500 francs pendant toute la durée de ma vie. Je resterai agent de change encore une dizaine d'années au moins : je puis, pendant ce temps, payer une prime plus élevée ; et j'ai voulu, après ces dix années, me trouver assuré pour une somme nette de 200,000 francs, sans avoir plus rien à payer. J'ai été trouver la Compagnie, et l'on a de suite donné satisfaction à mon désir. J'aurai 8,000 francs à payer par an pendant dix ans, et dans dix ans, j'aurai ma police entièrement libérée : elle constituera pour ma famille un héritage de 200,000 francs dont j'aurai la libre disposition.

— Ce capital entrera sans doute, comme le reste de votre fortune, dans l'ensemble de votre succession ?

— Bien mieux que cela. Je puis en disposer en dehors de mon testament, et sans que l'on ait à payer sur ce capital aucun droit de succession. Je puis avantager l'un de mes enfants, à l'aide de cette somme de 200,000 francs, ou la léguer à qui il me conviendra, sans que mes ascendants, ni mes descendants, ni mes *héritiers à réserve,* comme on dit au Palais, aient rien à y voir.

— Je croyais que cette faculté n'était pas accordée par le Code civil.

— Nos lois ne l'admettent pas en effet pour l'ensemble de nos biens, pour tout ce qui entre dans notre succession ; mais il y a un privilége en faveur de l'assurance sur la vie. Ce capital que nous avons la prévoyance de constituer de notre vivant au moyen d'une police d'assurance, que nous avons créé en affectant nos économies à une sage combinaison, la loi le considère comme sacré. On peut transmettre sa police par endossement, comme on transmet un effet de commerce, et ni les héritiers, ni les enfants, ni le fisc, n'ont rien à y voir.

Je laisserai une belle fortune à mes enfants, mais je fais de côté et d'autre bien des libéralités de mon vivant, et je veux, après moi, laisser quelques souvenirs durables à diverses personnes qui me sont chères. Pour éviter les commentaires et les indiscrétions, je ne veux pas les nommer dans mon testament; c'est pourquoi j'ai tenu à pouvoir disposer librement d'un capital de 200,000 francs; j'en ai déjà réglé le partage entre cinq personnes, et je me suis fait délivrer par la Compagnie cinq polices différentes, que j'ai mises à leurs noms; je reste d'ailleurs toujours maître de modifier ce partage en écrivant quelques mots sur ces polices. A mon décès, la Compagnie d'assurances sera seule dans le secret, et tout se passera conformément aux convenances. Je fais comme Louis XV, qui, indépendamment de sa cassette particulière, avait encore une cassette secrète pour ses petites fantaisies. Ces 200,000 francs, voyez-vous, je veux en être le maître absolu. C'est ma réserve.

Le contrat de mariage.

———

Après le départ de M. Maynard, M. Lafitte eut l'idée de nous emmener dans ses appartements, pour nous montrer un petit tableau qu'il venait d'acheter; car nos banquiers aujourd'hui sont des connaisseurs, et presque des artistes. Nous ne sommes plus au temps où les Mondor et les fermiers généraux ne connaissaient d'autre luxe que celui des salons dorés, des pierres précieuses, et des festins plantureux. Aujourd'hui l'argent, qui donne tout, donne même de la finesse et du goût. On recherche les objets d'art, les tableaux, les bronzes, les fines porcelaines de Saxe, les vieilles tapisseries; on fait bon marché du prix de la matière, pour ne s'attacher qu'au travail artistique.

Bref, nous traversons une longue galerie, et, conduits par le maître de la maison, nous soulevons une épaisse portière en tapisserie des Gobelins, et nous pénétrons dans le petit

4

salon. Notre entrée, qu'aucun bruit n'avait annoncée, était certainement indiscrète; car nous nous trouvons subitement en présence du fils de M. Lafitte, jeune homme de vingt à vingt-cinq ans, qui paraît engagé dans une conversation très-animée, et qui, s'adressant à un personnage respectable, assis dans un fauteuil près de la fenêtre, lui adresse avec feu ces paroles, qui vont si bien à une bouche de vingt ans:

— Mais, Monsieur, vous ne voulez donc pas tenir compte de mon amour? J'adore Mlle Louise, et,...

— Allons! bien! voilà votre secret éventé, dit le personnage en nous voyant entrer. On ne crie pas ainsi son amour par-dessus les toits.

— Veuillez considérer,......... ; et il voulut continuer son raisonnement à voix basse, pendant que nous échangions quelques paroles avec M. Lafitte père, et que nous nous disposions à nous retirer.

— Ma foi, dit celui-ci, après les présentations faites, puisque le hasard vous a fait assister à une scène de famille, il vaut autant que vous restiez jusqu'au bout; et je vais même vous prier d'être des arbitres impartiaux dans le débat qui nous occupe. Vous nous direz qui vous paraît avoir raison, ou de mon ami de Prelle, ou de mon fils, ou de moi.

— Oh ! j'accepte sans crainte, répondit le personnage que l'on appelait M. de Prelle, l'arbitrage de ces Messieurs, persuadé qu'il n'est pas un père de famille qui ne tînt le même langage que moi. Et je vais moi-même leur exposer la cause. M. Lafitte, Messieurs, m'a demandé pour son fils la main de ma fille. M. Georges est bien jeune ; mais je me suis marié aussi jeune que lui, et je crois que c'est le bon parti à prendre : je connais ses qualités, et je l'accepterais volontiers comme gendre. Reste la question d'argent ; ma fille n'a rien, ou c'est tout comme, et M. Lafitte donne à son fils, qui est en même temps son associé, 50,000 livres de rente.

— Alors, nous ne voyons pas trop ce qui, dans la question d'argent, peut vous arrêter.

— Laissez-moi achever, Messieurs, M. Lafitte a tous ses capitaux engagés dans la banque, et, je le sais comme lui, il lui serait impossible d'en distraire un million. Les 50,000 francs de rente qu'il donne à son fils seront donc prélevés chaque année sur les bénéfices de la maison.

— Que vous importe ?

— Je continue. Voilà donc ma fille entrant en ménage avec 50,000 francs de rente, et montant sa maison sur un pied magnifique. Elle a sa voiture, sa loge à l'Opéra, sa maison de campagne : elle reçoit, elle va dans le monde. On se fait très-vite à cette agréable existence. Mais, que son mari vienne à lui manquer, ce qu'à Dieu ne plaise! à mourir sans enfants, après deux ans, après cinq ans, même après dix ans de ménage : que deviendra-t-elle avec les habitudes de luxe, qu'elle n'a pas aujourd'hui, mais qu'elle aura alors contractées? M. Lafitte père ne pourrait, et du reste nous ne l'accepterions pas, continuer à lui servir une rente qui n'avait de raison d'être que dans l'existence de son fils, et ma fille achèvera sa vie dans une gêne d'autant plus pénible qu'elle aura connu les joies de la fortune.

— Mais, cher Monsieur, dit M. Georges, nous ferons des économies chaque année : nous amasserons bien vite un capital respectable.

— Cela ne va pas si vite que vous croyez. Comptons un peu, et voyons ce que vous pouvez économiser chaque année. Cinq, six, dix mille francs peut-être, et c'est beaucoup. Encore y aura-t-il bien des années où deux têtes de vingt ans oublieront les conseils de la froide prudence, et écorneront d'un commun accord leurs fameuses économies. Qu'aurez-vous amassé au bout de dix ans? 60 ou 80,000 francs peut-être. Et si le malheur contre lequel je veux prémunir ma fille arrive la seconde, la troisième année? Elle se verra bellement à la tête de 15 ou

20,000 francs de capital. Concevez que je serais coupable si je ne prévoyais pas cette éventualité.

— Mais, Monsieur, que faire? Quelle garantie chercher? Donnez-nous un moyen, et nous nous empresserons de l'adopter.

— Mais, malheureusement, je n'en vois pas plus que vous; aussi, comme je vous l'ai déjà dit, bien que votre demande me flatte et m'honore....

— Voyons, Messieurs, interrompit M. Delahaye, ne désespérons pas si vite. Vous nous avez choisis comme arbitres officieux, et je crois que j'ai trouvé un moyen de donner satisfaction à tout le monde. M. de Prelle, j'approuve fort vos scrupules de père de famille, et, à votre place, je raisonnerais exactement comme vous. Mais, si l'on garantissait à votre fille que, dans le cas où son mari mourrait avant elle, à une époque quelconque, elle jouira, pendant toute sa vie, de 15,000 francs de rente, cela vous paraîtrait-il un douaire convenable?

— Certainement; mais d'où lui viendront-ils, ces 15,000 francs de rente?

— D'elle-même. Elle aura le plaisir de les réaliser sur ses propres économies, et ainsi elle ne devra rien à personne. De plus, ils lui seront garantis dès la première année de son mariage.

— Je ne comprends plus du tout.

— Vous allez me comprendre. M. Georges, pour assurer à votre femme, en cas de malheur, ce douaire personnel de 15,000 francs de rente, consentiriez-vous à prélever tous les ans 3,000 francs sur vos revenus, à titre d'économie?

— De grand cœur si cela pouvait suffire. Mais de 3,000 francs à 15,000 francs de rente, la distance est grande : qui donc se chargera de la combler ?

— Qui donc? Une fée que j'ai à mon service : elle s'appelle l'assurance sur la vie. Adressez-vous à ma Compagnie; versez-lui 3,000 francs par an, et elle prend l'engagement de servir 15,000 francs de rente à votre femme, si vous mourez avant elle.

— C'est merveilleux ! Comment, même si je mourrais dans deux ans, dans un an, après n'avoir versé qu'une seule prime de 3,000 francs.

— Même si vous mouriez le lendemain de votre mariage.

— S'il en est ainsi, plus de difficulté. Jeune homme, vous serez mon gendre.

— Grâces en soient rendues à la bonne fée, à la protectrice des amoureux. Courons nous mettre d'accord avec la Compagnie, et nous signerons le même jour le contrat d'assurance et le contrat de mariage.

Et sans perdre une minute, M. Georges prit
congé de nous, pour aller, avec son futur beau-
père, mettre à exécution le sage conseil de
M. Delahaye.

Les comptes courants de la maison Lafitte.

———

A peine M. Georges était-il sorti du salon que la porte s'ouvrit de nouveau, et le caissier de la maison Lafitte entra d'un air bouleversé. C'est le plus vieil employé de la banque ; il en soigne les intérêts comme les siens propres, et il connaît à un franc près le doit et l'avoir des comptes de tous les clients. Son entrée annonçait un événement fâcheux ; et en effet, il s'avança brusquement vers son patron, et lui tendant une lettre encadrée de noir :

— Monsieur, lui dit-il, un grand malheur vient d'arriver : M. Liénard vient de mourir, il s'est tué à la chasse par imprudence. Vous savez que nous avions fait des avances considérables à M. Liénard pour les affaires de sa raffinerie. Tous les ans à cette époque, la maison Liénard et Cⁱᵉ nous prend des sommes importantes pour solder ses achats de sucre brut ; je viens de vérifier son compte courant qui est débiteur de 92,817 fr. 95 c. Je crains que nous ne soyons pas suffisamment couverts.

— La maison n'est-elle pas solide? Nous n'aurions pas accordé un crédit si important s'il n'y avait pas eu une solvabilité commerciale bien établie.

— Monsieur, la mort de M. Liénard peut changer complétement la face de ses affaires. Il était seul bien au courant de ses vastes entreprises : il n'y a personne dans sa famille qui puisse le remplacer, ni prendre en main son importante industrie. Il laisse des enfants mineurs ; sa veuve a également des reprises considérables à exercer, en vertu de son contrat de mariage. Il paraît que l'on va être obligé de procédér à une liquidation, et nous n'y serons admis que comme des créanciers ordinaires. C'est un capital de 93,000 francs qui nous rentrera sans doute, mais qui va rester en souffrance pendant bien longtemps peut-être.

— Pendant ce monologue, M. Lafitte avait ouvert un des tiroirs de son secrétaire ; et tendant à son honnête caissier un papier timbré qu'il venait d'en retirer :

— Lisez ceci, Monsieur Blanchard; lui dit-il, et ne vous alarmez pas. Vous savez que je ne m'embarque pas à la légère à ouvrir des crédits de 100,000 francs, même aux maisons les mieux accréditées.

— Oh! Monsieur, j'espère bien que nous ne perdrons rien, si ce n'est du temps, et des intérêts. Le recouvrement se fera tôt ou tard.

— Plus tôt que vous ne pensez; nous ne perdrons ni capital, ni intérêts, ni même du temps. Lisez donc, lisez à haute voix devant ces Messieurs.

M. Blanchard prit le papier que lui tendait son patron et lut ce qui suit :

« Entre la Compagnie d'une part, etc., etc., il a été convenu ce qui suit : .

« La Compagnie s'engage à payer, lors du décès de M. Henri Liénard, la somme de cent mille francs à la personne que M. Liénard se réserve de désigner. »

— Et plus bas ?

— Un endossement : « Payez à MM. Lafitte et Cⁱᵉ banquiers à Paris, valeurs en compte. »

— Vous voyez que nous sommes couverts.

— Comment, Monsieur, ce papier vaudrait...

— Cent mille francs, ni plus ni moins. Vous allez le faire déposer aux bureaux de la Compagnie, et, dans quelques jours, vous y enverrez votre garçon de recettes, qui reviendra avec cent billets de mille francs. Vous les porterez au crédit du compte courant de la maison Liénard, et loin d'être créanciers, c'est nous qui resterons débiteurs envers la succession ou envers la liquidation, si liquidation il y a. Nous leur devrons 7,182 fr. 05 c. que vous ferez verser à qui de droit, et notre fameux découvert de 93,000 francs se trouvera comblé, comme vous le voyez, sans aucune difficulté.

— Je suis heureux de voir, cher Monsieur, dit Delahaye en s'adressant au banquier, qu'en ouvrant un crédit à M. Liénard, vous aviez eu en même temps la précaution de le faire assurer. Vous aviez sans doute comme un pressentiment du malheur qui vient de le frapper ?

— Point du tout; pas plus qu'en faisant assurer contre l'incendie le fauteuil sur lequel vous êtes assis, je n'ai eu le pressentiment qu'il périrait par le feu. Mais, quand j'ouvre un crédit, j'aime assez à prendre toutes mes garanties. Prêter de l'argent à quelqu'un sur sa signature, sans le faire assurer contre un décès qui peut survenir avant le remboursement, c'est absolument comme si l'on prêtait sur hypothèque, sans faire assurer contre le feu la maison qui sert de gage matériel; c'est ce qu'aucun notaire n'aurait la folie de laisser faire à ses clients.

— Votre comparaison est très-juste. Est-ce que vous faites assurer ainsi tous vos clients?

— Certainement, à moins qu'ils n'aient d'autre part à m'offrir des garanties d'un autre ordre, et aussi solides. On se moque quelquefois des banquiers, et le public est disposé à croire qu'ils réalisent bien facilement des bé-

néfices considérables. On ne se doute pas du
travail intellectuel qu'ils ont à déployer pour
mener à bien leurs opérations. Au sujet des
emprunteurs, ou si vous préférez une expres-
sion plus parlementaire, au sujet des clients
qui ont un compte courant à découvert, voici
quels sont mes principes. En thèse générale,
on peut prêter son argent avec ou sans garanties; quand on prête sans garanties on ne fait
pas une affaire, on oblige un ami : dans ce cas
l'on ne prend pas d'intérêts, et l'on fait plutôt
un don qu'un prêt. On ne doit jamais compter
qu'on sera remboursé : on inscrit la somme
dans ses dépenses, et si elle vous est restituée
plus tard, eh bien! tant mieux.

Mais si l'on demande des garanties, si l'on
entre dans le domaine des affaires, il faut alors
que ces garanties soient solides, et quant à
moi je n'en connais que de quatre espèces :
1° les garanties immobilières, ce sont les hy-
pothèques : on traite ce genre d'affaires chez
les notaires, et non chez nous; 2° les dépôts
de titres : on s'adresse généralement à la
Banque de France, et je n'aime pas, pour ma
part, ce genre d'opérations; 3° les dépôts de
gages mobiliers, meubles, bijoux, etc. : ceci
est du ressort du Mont-de-Piété et des usuriers,
je n'en parle que pour mémoire; 4° enfin, les
garanties personnelles, qui sont le crédit, la
solvabilité, l'honneur des commerçants, tout

cela mis en gage par une simple signature :
c'est ici que s'ouvre le domaine intellectuel du
banquier. Or le crédit, la solvabilité, l'honneur
d'une maison de commerce ne tiennent-ils pas
en grande partie à la personne même de son
chef? Si cette personne disparaît, notre meilleure garantie s'écroule. Nous sommes exposés à
n'avoir plus devant nous que des tiroirs, des ca-
siers, des marchandises éparses, une clientèle
en désarroi, des héritiers mineurs, ou inca-
pables, ou de mauvaise foi, enfin des garanties
insuffisantes, sur lesquelles nous n'aurions
certainement pas prêté, si nous avions su que
notre client dût mourir pendant qu'il était
encore à découvert. Il faut donc que le jour
du décès, nous trouvions devant nous quelqu'un
qui soit prêt à nous verser une somme liquide
pour nous couvrir. Eh bien! ce quelqu'un, il
est à notre porte : ce sont les Compagnies
d'assurances. Avec les facilités qu'offrent aujourd'hui l'assurance sur la vie, un banquier
serait bien coupable, bien imprévoyant, s'il ne
la prescrivait pas à ses clients comme une garantie complémentaire. Aussi, quand le commerçant à qui j'ouvre un crédit n'a pas der-
rière lui un associé sérieux, aussi bon que
lui-même, et prêt à prendre à sa charge,
en cas de malheur, sa situation active et
passive, j'exige toujours une assurance sur la
vie.

— C'est une augmentation de frais pour vos clients?

— Une augmentation plutôt apparente que réelle. Si je ne le faisais pas, je serais obligé de demander, pour le surcroît de peines, de surveillance, de risques, qui en résulteraient à l'égard de ma maison, un supplément d'environ un quart pour cent par trimestre.

— D'intérêt?

— D'intérêt, jamais. Et la loi de 1807? non, pas un supplément d'intérêt, mais un supplément de commission de banque. Or, un quart pour cent par trimestre fait 1 pour cent par an : c'est presque autant que ce que demande une Compagnie d'assurances ; et chez elle cet 1 pour cent n'est pas perdu, puisque, si le malheur arrive, la dette se trouve payée, le découvert éteint.

— Combien donc payait M. Liénard?

— Voici son contrat, voyez vous-même. Il avait vingt-cinq ans, il payait 1,30 pour cent pour un an, 1,300 francs pour 100,000 francs.

— Je vous félicite de votre prévoyance. Sans la parfaite prudence dont vous avez fait preuve dans cette affaire, la journée qui rend votre fils si heureux aurait été pour vous marquée d'un point noir.

— Nous en avons vu bien d'autres.

— Il paraît que vous avez toujours su éviter tous les écueils avec le même bonheur,

Mais, dites-moi, tous les banquiers usent-ils en général de la même précaution?

— Je ne le crois pas; et je vous dirai que je n'ai jamais fait aucune tentative pour les endoctriner à ce sujet.

— Pourquoi donc cela? N'est-ce pas un procédé qui est à l'avantage de tout le monde, et qu'il serait d'un intérêt général de vulgariser?

— La généralisation n'est pas mon fait, et je ne suis point un apôtre. Je fais de mon mieux; mais je me renferme modestement dans ma petite sphère, je ne m'occupe que des intérêts de mes clients et des miens.

— Eh bien, je me chargerai, moi, de cette vulgarisation. J'irai trouver vos collègues; je leur dirai qu'il y a rue Louis-le-Grand un homme qui travaille mieux qu'eux, et avec plus d'intelligence. Et soyez sûr que votre exemple sera bientôt suivi.

— Je le désire vivement, et le jour où vous aurez obtenu ce résultat, j'en serai, je vous assure, tout aussi heureux que vous, non comme banquier, puisque ce sera une facilité de plus donnée à mes concurrents mais comme homme.

Le couvent de Saint-François.

—

— Vous voyez, me dit M. Delahaye, après cette conversation, que l'assurance sur la vie vous environne de toutes parts; depuis le contre-maître jusqu'à l'agent de change, depuis Mlle Déjazet jusqu'à M. Laffitte, tous, vous en avez vous-même été témoin, tous ont eu recours à elle. Bien que vivant dans des conditions sociales bien différentes, chacun d'eux, en étudiant ses ingénieuses combinaisons, en a trouvé une qui était faite pour lui, qui lui allait comme un gant, et qui donnait satisfaction à ses désirs, en lui apportant ce bien inappréciable, ce complément de bonheur que l'on nomme la sécurité. Je suis sûr qu'à votre tour, en cherchant un peu, vous trouveriez facilement dans une assurance les éléments d'une affaire avantageuse.

— Oh! pour moi, je ne suis pas dans la

même condition que ces Messieurs. Je vis de mes rentes, et je dépense à peu près mes revenus; seulement je ne veux pas entamer mon capital. Bien que je n'aie pas d'enfants, je considère comme un devoir envers ma famille, et même envers la société, de laisser après moi, à peu près intacte, la petite fortune qui est entre mes mains. Cette fortune est en grande partie en immeubles, qui sont situés dans mon pays, en Poitou, et que je désire conserver toujours. Je ne vois pas en faveur de qui j'aurais intérêt à constituer un héritage plus important que celui que je dois laisser après moi, d'après le cours naturel des choses.

— N'avez-vous pas quelques legs que vous désiriez faire à de vieux serviteurs, à une association scientifique ou charitable, à une corporation religieuse? L'assurance sur la vie peut y pourvoir bien facilement, à moins de frais et avec plus de sécurité qu'un testament, qui peut toujours être attaqué.

— J'ai pourvu à tout cela, dans la limite de mes moyens et de mes désirs. D'ailleurs je suis jeune encore, et j'ai le temps de faire et de refaire mon testament. Quant aux corporations religieuses, il n'y en a qu'une avec laquelle j'aie affaire; et, sans vouloir en dire de mal, je vous assure que le recouvrement des sommes qu'elle me doit me cause tous les trois mois beaucoup de tracas, d'ennuis matériels.

— Comment ! vous vous trouvez créancier d'une corporation religieuse ?

— Oui, par suite des dispositions testamentaires prises par l'une de mes tantes du Poitou, que vous avez dû connaître autrefois, et qui était entrée en religion, sous le nom de sœur Élisabeth, au couvent de Saint-François. Ma tante possédait une petite fortune de quatre-vingt mille francs environ, et j'avais toujours pensé qu'après elle, elle la laisserait à son couvent, où, après de grands chagrins, elle avait trouvé l'apaisement et le repos. J'ai eu la douleur de la perdre il y a déjà plusieurs années; et, à l'ouverture de son testament, j'ai appris que la digne femme avait voulu contenter le ciel et la terre, concilier les devoirs sacrés et les intérêts profanes.

— Tâche bien difficile assurément !

— Et veuillez donc nous dire comment elle s'y est prise.

— Elle a légué son capital au couvent de Saint-François; mais ne voulant pas m'en enlever complétement le bénéfice, à moi, son neveu, elle m'en a laissé, par un acte en due forme, l'usufruit pendant ma vie. L'administration de ce capital est laissée à la supérieure du couvent, de laquelle j'ai droit à recevoir 4,000 francs par an, ma vie durant, pour l'intérêt du capital de 80,000 francs à 5 0/0. Je

touche, en effet, 1,000 francs tous les trois mois;
mais, comme je vous le disais, j'ai plus d'une
formalité ennuyeuse à remplir : certificats de
vie, légalisations, procurations, quittances,
quelquefois des voyages à faire au couvent du
Poitou, ou à la maison mère qui est à Avignon.
C'est certainement la partie de ma fortune qui
me donne le plus d'embarras. Si j'avais pu
transiger avec le couvent moyennant un capital
une fois payé, il y a longtemps que cela serait
fait. Et dans ce moment-ci spécialement, un
arrangement de ce genre serait le bienvenu
pour moi; car j'aurais grand besoin d'un capital d'une quarantaine de mille francs pour
reconstruire une de mes fermes et faire quelques travaux de drainage.

— On a toujours besoin d'un capital d'une
quarantaine de mille francs, interrompit, non
sans une pointe d'ironie, le financier.

— Cela peut vous paraître étonnant à vous,
Messieurs, dont le capital est toujours en
grande partie liquide, et pourrait tenir dans
un portefeuille ; mais les propriétaires fonciers
ne sont pas dans le même cas. Je n'ai jamais
manié d'argent, et je ne crois pas que quarante
rouleaux d'or de mille francs se soient jamais
trouvés ensemble dans mon secrétaire.

— Mais vous savez, se hâta d'ajouter M. Lafitte pour corriger sa répartie précédente, qu'ils
sont toujours ici à votre disposition.

— Je vous remercie infiniment, mais vous ne pourriez me les prêter qu'en me demandant cinq ou six pour cent d'intérêt ; et comment voulez-vous que j'emprunte à 6 pour placer à 2 1/2 ou 3 en propriétés, ou plutôt pour reconstruire des bâtiments de ferme, ce qui peut être considéré comme un placement à zéro pour cent ? Ce serait une mauvaise gestion qui me mériterait au moins une mention spéciale dans le *Journal de l'Agriculture !*

— Eh bien ! dit M. Delahaye, j'ai mieux que cela à vous offrir, et je tiens votre solution.

— Comment cela ?

— J'ai parié qu'à tout homme qui m'exposerait quelle est sa situation sociale, et qui me dirait comment sa fortune est placée, je pourrais indiquer une combinaison d'assurance sur la vie qui lui donnerait satisfaction, et que je la lui ferais adopter. Je crois que cette fois encore j'ai gagné mon pari.

— Que voulez-vous dire ? N'avez-vous pas compris, d'après l'exposé que je vous ai fait, que je n'ai pas le moyen de payer de primes d'assurances annuelles, et que c'est, non pas à mon décès, mais dès à présent, qu'un capital liquide me serait nécessaire ?

— Justement, et c'est pour cela que je vous tiens, et que je vous dis : j'ai trouvé ! Vous ne possédez en réalité qu'un usufruit, une sorte de rente viagère de 4,000 francs par an, qui s'éteindra avec vous. Si cette rente, au lieu d'être viagère, était perpétuelle, elle vaudrait 80,000 francs; mais, en raison du nombre d'années probable qu'il vous reste à vivre, elle en vaut seulement la moitié, soit 40,000 francs environ.

— Voulez-vous me l'acheter à ce prix? Je traite avec vous séance tenante.

— Non; je ne puis pas prendre à ma charge un risque aussi important. Si vous mouriez dans quatre ou cinq ans, même dans dix ou douze, je ne serais pas rentré dans mes déboursés, à cause des intérêts perdus sur le capital que j'aurais à vous verser immédiatement. Mais ce qu'un particulier ne peut pas faire sans imprudence, une Compagnie, qui traite tous les jours des affaires analogues, et qui divise ainsi ses risques, s'en chargera sans hésitation. Assurez-vous à ma Compagnie pour un capital de 40,000 francs, et convenez avec elle que ce capital vous sera versé immédiatement. Pour couvrir la Compagnie de l'intérêt du capital qu'elle vous avance, et de la prime annuelle relative à votre assurance, vous lui abandonnez tous vos droits à l'usufruit en question. C'est elle qui se chargera d'encaisser dorénavant les 4,000 francs par an que vous paye le couvent de Saint-François; elle en fera des choux, des raves; elle les répartira, dans sa comptabilité intérieure, entre ses comptes d'intérêts et de primés d'assurances, en suivant des règles de calcul dans lesquelles vous n'avez pas à entrer. Pour vous, vous n'avez qu'une seule chose à voir. Vous toucherez dès à présent le capital de 40,000 francs, et vous n'aurez plus à vous occuper de rien.

— Et à mon décès, mes héritiers n'auront-ils rien à rembourser ?

— Absolument rien. La Compagnie cessera de toucher la rente de 4,000 francs ; mais, soyez tranquille, elle aura fait entrer en ligne de compte, dans ses calculs, tous les risques de décès, et elle aura même trouvé le moyen de faire un petit bénéfice, ou sur votre opération, ou au moins sur la moyenne des opérations analogues qu'elle a à traiter dans le courant d'une année.

— S'il en est ainsi, je vais vous prier de m'accompagner dans les bureaux de la Compagnie ; et, de là, j'écris à mon fermier pour lui annoncer mon voyage en Poitou. Je n'osais pas aller le voir les mains vides ; mais, si je suis en mesure de faire faire dans mes propriétés les travaux qu'il réclame, j'irai avec grand plaisir passer quelques semaines en Poitou. C'est un si beau pays ! Des eaux vives, des bois, des montagnes, et du gibier à profusion. Vous verrez : à mon retour, je veux vous faire manger du produit de ma chasse !

— Vous voyez donc bien que l'assurance sur

la vie est bonne à quelque chose. Ceux qui, comme vous, n'ont jamais songé à y avoir recours sont souvent ceux-là mêmes à qui elle peut rendre les plus grands services.

Dès le lendemain je me rendis avec M. Delahaye à la Compagnie; je dus fournir mon acte de naissance et signer diverses pièces relatives au transport de mes droits; enfin, peu de jours après, je reçus de la Compagnie, tout calcul fait, un mandat rouge sur la Banque de France de 42,715 francs. Je ne fais pas entrer en ligne de compte une douzaine de timbres à 10 centimes que je dus semer autour de ma signature sur diverses pièces relatives à cette affaire; c'est un prélèvement que je ne paye jamais qu'en murmurant : le peuple est vraiment accablé d'impôts! Mais je dois dire qu'à la Banque je fus l'objet d'une galanterie qui me fit un certain plaisir : on me paya mes 42,715 francs en pièces d'or. Ce beau métal, au son si franc, aux reflets si chauds, semble, par sa seule présence, ranimer les transactions commerciales. Il vient de faire de si pénibles voyages; il a subi, depuis la guerre, un si long exil avant de rentrer en France, qu'il ressemble pour nous à un ami, longtemps absent, revenant près de ses amis. Le son que rendent ces petites pièces métalliques résonne à mon oreille comme un écho de nos prospérités passées, les reflets qu'elles jettent me semblent un arc-en-ciel au

milieu de nos désastres. Voilà pourquoi j'aime
l'or, non pour l'enfermer de nouveau — il a été
assez longtemps prisonnier — mais pour le
faire circuler de main en main comme un
symbole de confiance. Voilà pourquoi je suis
reconnaissant à la Banque de France de m'en
avoir donné sans prime et à titre de monnaie
courante.

La Dot de Marguerite.

J'ai été passer une partie de l'automne en Poitou ; j'ai fait commencer les travaux que réclamait mon fermier, mais ce n'est pas sans peine que j'ai pu réunir quatre maçons et un charpentier pour refaire les murs de ma ferme qui tombaient de vétusté. Chose extraordinaire ! Les entrepreneurs ne trouvent pas d'ouvriers, et les ouvriers ne trouvent pas d'ouvrage. Mystérieuse contradiction : l'anomalie est véritablement la loi de ce monde !

Ma propriété touche à celle de mon frère, qui était aussi à la campagne en ce moment. Il est avocat à la Cour d'appel de Poitiers ; il y est très-aimé, apprécié comme il mérite de l'être, et sa clientèle lui rapporte une vingtaine de mille francs tous les ans. En ce moment il est en vacances, et il passe joyeusement ce temps de repos à sa maison de campagne, près de sa

femme et de sa petite Marguerite, une charmante enfant de cinq à six ans.

Mon frère et tous ses voisins de campagne
sont grands chasseurs; chacun d'eux possède
trois ou quatre de ces beaux chiens du pays,
au poil blanc et orangé, qui sont dignes de fi-
gurer dans des meutes royales; et, tous les deux
jours, on se réunit, hommes et bêtes, dans un
des bois du canton, pour forcer le lièvre ou le
chevreuil. La veille de mon départ de la ferme,
je me distinguai entre tous en abattant à cent pas
de distance (peut-être un peu moins, mais j'eus
soin de ne pas les compter) un magnifique chevreuil qui, poursuivi par les chiens, bondissait
à travers une étroite avenue. J'eus soin d'en
rapporter le cuissot de gauche à Paris, car je
tenais à faire honneur à la promesse faite à
M. Delahaye, et, huit jours après, je le priai
de venir en goûter. J'avais invité à dîner avec
lui M. Lafitte et M. Maynard, ainsi que mon
frère et ma belle-sœur, qui avaient profité de
mon voyage, et qui avaient bien voulu m'accompagner à Paris. Le dîner fut très-gai, et le
chevreuil fut arrosé de mon généreux pomard.
dont les bouteilles disparaissent malheureusement de jour en jour. La conversation roula
d'abord sur la chasse, puis sur le Poitou, sur
les accidents de terrain qui caractérisent ce
joyeux pays; de là sur la Vendée, qui offre à peu
près le même caractère, et de là Vendée elle

fit une incursion dans la politique, d'où je
parvins à la débusquer pour la ramener encore
sur les charmes tout particuliers des pays de
montagnes; elle passa dans les Alpes, dans les
Pyrénées, où elle effleura don Carlos et les
contrebandiers, puis revint à mon fermier,
aux travaux que j'avais fait faire chez lui, et
enfin s'arrêta sur l'opération d'assurance qui
m'avait mis en main un capital assez important
pour me permettre d'entreprendre mes con-
structions. Mon opération fut approuvée par
tout le monde, sauf cependant par ma belle-
sœur, qui trouvait qu'en substituant la Compagnie du Soleil à mes droits vis-à-vis du
couvent de Saint-François, j'avais presque
commis un acte d'hostilité envers les religieuses. Je m'excusai de mon mieux, en lui
disant que je séparais toujours les sentiments
des affaires, et que d'ailleurs j'avais fait une
visite de déférence à la Supérieure, pour lui
faire part du nouvel état de choses. Mais rien
n'est difficile à convaincre comme une belle-
sœur; et, ne pouvant y arriver, je fis interve-
nir mon camarade Delahaye, l'ami des assurances, et je lui rappelai le pari qu'il avait fait
de trouver pour chaque famille une combinaison raisonnable d'assurance sur la vie, de na-
ture à donner satisfaction aux intérêts de tous.

— Tiendriez-vous le pari avec mon frère?
lui demandai-je.

— Parfaitement, et je vous dirai même que j'y pensais précisément en ce moment. Monsieur est avocat, et gagne vingt mille francs par an ; mais, si j'ai bien compris ce que vous m'avez déjà dit à son sujet, il n'a pas encore sa fortune faite ?

— Loin de là, repartit mon frère. Je suis en train de gagner la dot de ma fille, et j'espère, dans une quinzaine d'années, la lui donner assez rondelette, Dieu et les plaideurs aidant.

— Avez-vous songé quelquefois que le bien-être de votre famille et probablement le futur mariage de votre petite fille se trouvent entièrement subordonnés à votre propre existence? Vous économisez six à huit mille francs par an ; si vous vivez encore une quinzaine d'années, tout marchera suivant vos désirs et suivant vos prévisions. Vous aurez complété pour votre fille une dot de 150 à 200,000 francs ; je crois que c'est à peu près le chiffre qui doit entrer dans vos calculs. Vous pourrez alors lui choisir un mari dans la classe de la société où vous vivez vous-même, et où ses goûts, l'éducation qu'elle aura reçue, marquent d'avance sa place. Mais si, ce qu'à Dieu ne plaise! votre femme et votre fille avaient le malheur de vous perdre avant cette époque, savez-vous que les conditions de leur existence seraient singulièrement changées? Au chagrin moral, que nous comprenons tous, mais qu'aucune précaution humaine ne peut faire disparaître, se joindraient, pour deux dames seules, bien des embarras matériels. La question d'argent se mêle à tout dans notre société moderne. Voudriez-vous que votre femme fût obligée par économie, de modifier complétement son existence, de cesser de fréquenter un monde où vous l'avez vous-même introduite ? que votre fille au lieu d'avoir à choisir parmi les prétendants, fût réduite à coiffer sainte Catherine, ou à donner sa main à un homme qui ne serait pas du même rang qu'elle ? C'est pourtant dans cette alternative que la placerait infailliblement le manque de dot, grave défaut au XIX⁰ siècle.

— J'y ai songé quelquefois ; mais je suis jeune et bien portant. Je vivrai.

— Nous sommes tous dans la main de Dieu, et il est du devoir d'un bon père de famille de prévoir les maladies, les accidents de toute sorte qui peuvent le menacer. D'ailleurs, la sagesse des nations dit qu'il ne faut pas placer tous ses œufs dans le même panier. Vous placez vos économies annuelles toujours de la même manière, en rentes sur l'État, en obligations, ou autres valeurs mobilières : ce n'est pas prudent. Il serait plus habile à vous de placer annuellement environ 2,500 francs en primes d'assurances sur la vie, et 5,000 seulement en valeurs mobilières. Le capital que

vous aurez amassé dans quinze ans sera ainsi
réduit de 40,000 francs environ, mais vous
aurez assuré d'autre part un nouveau capital
de 100,000 francs payable à votre décès. Croyez
vous que, même si vous viviez encore dans
quinze ans, votre position ne sera pas meilleure?
D'ailleurs, vous aurez conquis pendant ce laps
de temps un bien inestimable, la sécurité, la
tranquillité d'esprit, qui doivent être indispen-
sables pour l'exercice de votre profession.

— Mais, Monsieur, interrompit ma belle-
sœur, l'assurance porte malheur. Faire ce que
vous nous conseillez, ce serait pour moi spéculer sur la mort de mon mari, puisque cette
mort deviendrait alors un événement qui nous
enrichirait, ma fille et moi, de 100,000 francs,
et je n'y consentirai jamais.

— Cette délicatesse vous honore, Madame;
mais vos scrupules ne résistent pas à l'examen. Si je parlais d'assurer votre mari pour
un million, votre raisonnement serait juste,
parce que son décès, en vous rendant propriétaire d'un million, vous enrichirait réellement.
Mais je vous parle d'un capital de 100,000 francs,
c'est-à-dire de 5,000 francs de rente, somme
bien inférieure à ce que rapporte aujourd'hui
à votre communauté le talent de l'avocat avec
lequel je me permets de discuter. Dans ces
limites raisonnables, l'assurance n'arrive point
à constituer une spéculation; bien loin de là,

puisque le décès de votre mari vous laissera toujours moins riche que vous n'êtes actuellement.

Lui vivant, vous jouissez de 24,000 francs de rente, dont 20,000 provenant de son travail, et 4,000 de votre fortune personnelle. S'il mourait d'ici à quelques années, il ne vous resterait que 4,000 francs de rente, ce qui est insuffisant pour élever et doter votre fille. Si au contraire il fait l'opération que je lui conseille, il ne vous laissera pas moins de 10,000 francs de rente ; mais il ne vous enrichira pas par son décès, loin de là. Il vous laissera toujours moins riche que vous n'auriez été de son vivant ; il vous aura seulement conservé le moyen de vivre honorablement, dans le même milieu où vous avez toujours vécu avec lui. Voyez de quel côté est la prudence, voyez ce que vous conseille l'amour que vous avez pour votre charmante petite fille.

— Est-ce que l'on assure aussi les femmes?

— Certainement, Madame, absolument comme les maris. Dans beaucoup de ménages, on fait maintenant une assurance en commun, et c'est justice en somme, puisqu'en définitive les primes annuelles sont payées sur les revenus communs. Alors la Compagnie s'engage à payer le capital assuré au premier décès de l'un des deux époux, quel qu'il soit.

Faites avec votre mari une de ces assurances, et payez votre prime en commun ; pour le même chiffre de prime de 2,500 francs, le capital assuré, au lieu de 100,000 francs ne sera plus que de 80,000 francs, mais il sera payé à l'époux survivant, ou aux enfants, aussitôt après le premier décès.

— Je trouverais cette combinaison plus avantageuse, et aussi plus morale.

— Vous n'auriez plus à craindre cette fois que l'assurance portât malheur à l'un de vous au profit de l'autre ; et votre conscience, quelque timorée qu'elle puisse être, ne pourrait pas vous reprocher, ni à vous, ni à votre mari, de spéculer sur la mort l'un de l'autre.

— Je vous dirai, Monsieur, reprit mon frère, qu'on m'a déjà proposé à diverses reprises de m'assurer sur la vie ; mais je ne m'y suis jamais décidé. J'en ai parlé à un de mes amis, Chaumontel, qui est à la Bourse, et il m'en a toujours détourné. Je suis sûr qu'il serait bien surpris s'il apprenait que j'ai signé un contrat.

— M. Chaumontel trouve probablement que l'argent est mieux placé en spéculations de Bourse, ou mieux dépensé en parties de campagne ; mais rappelez-vous que *les conseilleurs ne sont pas les payeurs;* et demandez à votre ami s'il se chargera de payer la dot de votre fille dans le cas où vous ne vivriez pas assez

longtemps pour la constituer vous-même. Vous
verrez ce qu'il vous répondra.

— Pour ce qui est de l'ami de mon mari, du
beau M. Chaumontel, je vous l'abandonne ; je
n'ai pas oublié que c'est d'après ses conseils
que nous avons acheté un jour des actions des
Galions de Vigo.

— Spéculation magnifique !

— Oui, où nous devions gagner 6,000
francs de rente, et où nous avons tout bonne-
ment perdu 6,000 francs de capital.

— Je suis sûr que M. Chaumontel a demandé à partager la perte avec vous ?

— Ne plaisantez donc pas et permettez-moi
de vous demander encore un éclaircissement.
Lorsque j'étais enfant, mon père avait fait en
ma faveur une opération que je crois analogue
à celle dont vous nous parlez. Il m'avait assurée moi-même à une tontine, invention assez
nouvelle alors, et qui était très à la mode en
France. Il versait, je crois, 500 francs par an en
ma faveur, et je devais recevoir à ma majorité
une somme dont l'importance n'était pas sti-
pulée, mais qu'il jugeait devoir être considé-
rable, d'après les promesses verbales qui lui
avaient été faites. Je devais bénéficier non-seulement de l'intérêt des sommes versées, mais
surtout, et c'était là ce qui devait donner de
magnifiques résultats, de tous les versements
faits pour les enfants qui seraient décédés avant

6

moi. On parlait de 40, de 50,000 francs, que sais-je? La liquidation de cette affaire, qui coïncidait avec l'époque de ma majorité, est arrivée, et nos espérances ont été bien trompées. Ma famille avait versé 20 primes de 500 francs, ce qui représentait 10,000 francs bruts, et beaucoup plus avec les intérêts. Il lui a été tout simplement délivré un titre de rente française en mon nom de 650 francs de rente. Cette rente a été vendue à la Bourse, et savez-vous ce qu'elle a produit? Nous étions alors en 1872, le cours de la rente 5 0/0 était tombé à 85 francs environ, et mes 650 francs de rente ont produit tout juste 11,050 francs, c'est-à-dire à peine ce que les capitaux versés par ma famille auraient produit par la simple addition des intérêts. Voilà ce que c'est que les assurances !

— Permettez-moi de vous dire, Madame, que vous devriez conclure au contraire en disant : Voilà ce que c'est que de n'être pas assuré. Ainsi que vous l'avez très-justement dit, vous vous trouviez engagée dans une *tontine*, ce qui est exactement le contraire d'une *assurance sur la vie*. Une tontine est une opération aléatoire, et, malgré les promesses verbales que l'on a pu faire à M. votre père, la Compagnie à laquelle il s'est adressé s'est bien gardée de stipuler dans la police à quel capital vous auriez droit le jour de votre majorité. Elle ne l'a pas fait, parce qu'elle ne pouvait pas le faire, parce qu'elle ignorait elle-même quel serait ce capital : il dépendait complétement du hasard. Avec les fonds que votre père a versés, l'administration de la tontine a acheté de la rente en 1855, 1856, 1857, etc., pendant les années où le cours de la Rente était très-élevé. On a liquidé l'affaire en 1872, au moment où le cours de cette Rente avait baissé d'un tiers, et on vous a payé avec un titre de Rente, dont vous avez eu à subir toute la dépréciation. Le résultat d'une tontine dépend essentiellement, comme vous le voyez, du cours de la Rente sur le marché de la Bourse : *qui s'engage dans une tontine, ne fait pas autre chose que de jouer à la Bourse.* Les assurances sur la vie, c'est le contraire : quelles que soient les fluctuations de la Bourse, ce n'est pas en titres de Rente que l'on vous paye ; c'est au moyen d'un capital, qui aura été convenu d'avance, et inscrit en toutes lettres dans le contrat avant le payement de la première prime, il n'y a donc pas ici de promesses verbales, pas d'ambiguïtés ; en assurances sur la vie, tout est écrit et fixé d'avance, et la Compagnie paye les sommes qu'elle s'est engagée à payer, ni plus ni moins.

— Et veuillez nous dire quels résultats l'on obtiendrait en versant, comme on l'a fait pour moi, 500 francs par an en faveur d'un enfant ? quel capital lui payerait une Compagnie d'assurances le jour où il aurait atteint sa majorité ?

— Cela dépend naturellement de l'âge de l'enfant en faveur de qui l'on voudrait faire cette opération. Si l'on commence les versements à sa naissance, 500 francs par an lui donneront à sa majorité 19,531 francs ; mais si l'on attend que l'enfant soit déjà âgé de quelques années, le capital garanti devient beaucoup moins élevé, parce que, autant d'années écoulées, autant de versements de 500 francs que la Compagnie n'aura pas à recevoir, sans compter que les intérêts se cumulent également pendant bien moins longtemps. Ainsi, si l'enfant est déjà âgé de 5 ans, comme l'est votre petite fille, l'opération devient beaucoup moins avantageuse ; le capital à recevoir à sa majorité n'est plus que de 12,345 francs.

— En tous cas, reprit mon frère, ne serait-il pas plus logique et plus avantageux de faire une opération de ce genre que de m'assurer, comme vous le disiez tout à l'heure, un capital payable à mon décès, ce qui n'est pas du tout la même chose ? Si ma fille a besoin d'un capital, ce n'est pas quand je mourrai, mais c'est quand elle-même atteindra sa majorité, que je sois alors vivant ou non.

— Votre raisonnement, mon cher Monsieur, serait parfaitement juste si je vous avais proposé de consacrer à vos primes d'assurances la totalité de vos économies annuelles, car vous pourriez dire alors : *Je serai trop assuré,* et c'est précisément si je vis que ma fille se trouvera dépourvue, au moment de son mariage, de tout capital liquide. Mais je ne suis pas tombé dans cet excès. Je vous ai dit : Vous faites tous les ans 6 à 8,000 francs d'économie, placez-en 2,500 en primes d'assurances. Vous vous trouverez alors, si je puis m'exprimer ainsi, dans un équilibre parfait ; que vous viviez ou que vous mouriez, l'avenir de votre fille est garanti, certain, en un mot *assuré* quoi qu'il arrive. Ce mot d'*assurance* est donc parfaitement logique, comme l'opération à laquelle il se rapporte.

— Vous croyez donc décidément l'assurance sur ma tête préférable à l'assurance sur la tête de ma fille ?

— Je vous l'ai prouvé par des chiffres. Une assurance sur la tête de votre fille ne serait guère qu'un placement, et ne constituerait pas une assurance. Puisqu'en effet il faudra pour lui constituer à sa majorité le capital que vous avez en vue, verser chaque année une prime, et que cette prime doit être prélevée sur vos économies, qui elles-mêmes dépendent de votre existence, que fera donc votre famille si vous venez à lui manquer? Elle cessera le versement des primes ; vous tombez donc dans un cercle vicieux, vous n'évitez pas l'écueil que vous vouliez fuir : en un mot, l'avenir de votre famille n'est pas assuré.

— Je veux bien verser une prime de
2,500 francs par an, mais à une condition,
c'est que, si je meurs, ma famille n'aura plus
rien à payer, et que néanmoins ma petite fille
recevra dans vingt ans le capital assuré, quoi
qu'il arrive.

— C'est parfaitement faisable.

— Quel capital s'engagerait-on à lui payer
dans ces conditions ?

— Environ 70,000 francs.

— Et je n'aurai de prime à payer que si je
suis vivant ?

— Certainement, et, bien entendu, ce versement de primes cessera dans tous les cas et
au plus tard dans vingt ans, puisqu'à cette
époque, c'est la Compagnie qui aura un capital
à payer, soit à vous, soit à votre fille.

— Eh bien, ma foi ! se décida à dire mon
frère à moitié convaincu, vous avez peut-être
raison. Nous y réfléchirons.

— C'est-à-dire, s'empressa de dire M. Delahaye, que vous avouez votre défaite, et que
vous demandez une capitulation. Mais non !
je n'en accorde jamais. Vous y réfléchirez !
Comme s'il s'agissait d'engager des fonds dans
une affaire douteuse, et qu'il y eût à prendre
des renseignements sur les chances de succès
qu'elle peut présenter ! Mais ce n'est pas du
tout de cela qu'il s'agit, et je vois bien clair
dans votre esprit. Au fond, vous êtes mainte-

nant convaincu des avantages de l'assurance
sur la vie, et, comme vous êtes de bonne foi,
vous n'oseriez pas ne point en convenir. Mais
vous vous dites tous deux : Nous avons bien le
temps ! Attendons l'année prochaine, ce sera
toujours une prime d'économisée. Mais d'abord
dans un an, votre prime sera plus élevée ; et
puis, êtes-vous sûrs que vous serez encore tous
deux en bonne santé à cette époque ? Si vous
remettez à l'année prochaine, il n'y a pas de
raison pour qu'alors vous ne remettiez pas à
l'année suivante, et ainsi de suite, jusqu'à ce
que l'un de vous deux soit indisposé, et que
l'assurance ne puisse plus se faire. C'est un
singulier sentiment qui nous porte ainsi à
attendre, dans une foule de cas, qu'il soit trop
tard pour bien faire. On a un habit noir à
commander, il ne s'agit que de passer chez son
tailleur ; mais c'est une démarche ennuyeuse,
on se dit : J'irai la semaine prochaine, j'irai
quand je passerai par là ; et l'on n'y passe jamais. Un beau jour, une invitation vous arrive
pour une cérémonie importante, et l'on n'a pas
encore commandé son habit. On est obligé de
mettre celui de l'année dernière, qui a les
manches trop courtes, ou les basques trop
longues. Ou bien encore, on a un acte, un bail,
un contrat à faire enregistrer dans un délai de
trois mois. Trois mois ! j'ai le temps d'y penser ; j'irai quand j'aurai le temps. Un mois se

passe; six semaines s'écoulent : on a d'autres affaires en tête; enfin on y repense un beau matin, on regarde son calendrier : le délai est expiré depuis vingt-quatre heures. Il faut payer le double droit d'enregistrement! Voilà à quoi vous me faites penser involontairement, quand vous me dites aussi tranquillement : Nous avons bien le temps, nous y réfléchirons!

— Quant à moi, reprit ma belle-sœur, revenant à son idée fixe, je ne peux pas penser à de pareilles opérations sans être accablée de fâcheux pressentiments. Il me semble, je vous l'ai dit, que l'assurance porte malheur. Que voulez-vous ? Nous autres femmes, nous sommes des êtres tout de sentiment; nous ne savons pas calculer, nous ne raisonnons pas sur toutes ces matières, mais nous avons l'instinct, qui vient du cœur.

— Mais, Madame, faire une police d'assurance est cependant un acte beaucoup moins grave que de faire son testament, et tout le monde fait son testament. C'est un devoir d'y penser, car c'est une mesure qui sera utile tôt ou tard. Ni le testament ni l'assurance ne font mourir, bien au contraire. Je n'irai pas jusqu'à dire que l'assurance empêche de tomber malade, mais elle facilite certainement les guérisons. Entre deux hommes atteints de la même maladie, le médecin a beaucoup plus de chances de sauver celui qui a d'avance pourvu aux be-

soins de sa famille, soit par un testament, soit
par une assurance, que l'imprudent dont les
nuits sans sommeil sont encore troublées par la
perspective de la misère qui menace ses enfants.

Il est connu de tous les directeurs de Compagnies d'assurances que la mortalité est moins
grande en moyenne chez les assurés que chez
les personnes qui ne le sont pas ; c'est ce qui a
donné naissance au proverbe anglais, que je
vous demanderai la permission de vous citer
en le traduisant, et qui dit: *L'assurance est un
brevet de longue vie*. Si ce proverbe ne vient
pas du cœur, il y a, soyez-en sûre, un autre sentiment qui en vient bien directement, c'est le
désir de ne pas laisser dans l'embarras une
famille que l'on aime.

— Allons, Monsieur, la discussion est close,
interrompit mon frère du ton d'un homme
qui vient de prendre un parti. Vous m'avez
convaincu ; dès demain je signe ma police et je
verse ma première prime.

— J'ai donc gagné mon pari?

— Et j'en paye l'enjeu. Permettez-moi de
le fixer à 100 francs, que je vous offre, en vous
priant de les employer à payer la prime d'assurance du premier de vos ouvriers que vous
pourrez, par vos bons conseils, décider à s'assurer au profit de sa femme.

— Allons! *tout est bien qui finit bien*. C'est
encore un proverbe anglais.

— Parbleu! pendant que nous y sommes, nous pourrions y ajouter le célèbre monologue d'Hamlet.

— Lequel donc?

— *To be or not to be.* Être ou ne pas être, voilà la question! ce mot seul ne renferme-t-il pas en germe toute la théorie des assurances sur la vie?

« Être ou ne pas être, voilà la question. Est-
« il plus noble de supporter les coups et les
« outrages de la mauvaise fortune, ou de s'y
« soustraire les armes à la main? Mourir, c'est
« dormir, et le sommeil suffit pour apaiser tous
« les déchirements du cœur. Mourir, dormir.
« Dormir?... Rêver peut-être Oui, tout est là :
« ce qui nous fait hésiter, ce sont les rêves
« qui peuvent venir troubler le sommeil de la
« mort. Autrement, quel est l'honnête homme
« qui consentirait à supporter les outrages du
« temps, les tortures de l'amour méprisé, la
« violence des oppresseurs, les lenteurs de la
« justice humaine, l'insolence des grands, le
« dédain des méchants, quand il peut conquérir
« le repos à la pointe de son épée? Qui donc
« consentirait à gémir, à souffrir, à suer sang
« et eau à travers les tracas de la vie? Mais
« nous avons peur de ce qui doit venir après la
« mort; nous avons peur de ce pays mysté-
« rieux, d'où pas un voyageur n'est encore
« revenu. Redoutables problèmes qui endor-

« ment notre volonté! Tourments inconnus,
« dont la crainte seule no is fait supporter les
« nôtres sur cette terre, et fait de nous tous
« des poltrons! Nos résolutions viriles s'é-
« moussent, et nous n'avons plus la force de
« les exécuter. »
Ainsi disait SHAKESPEARE.

TABLE

1873.77.— BOULOGNE (SEINE). IMPRIMERIE JULES BOYER

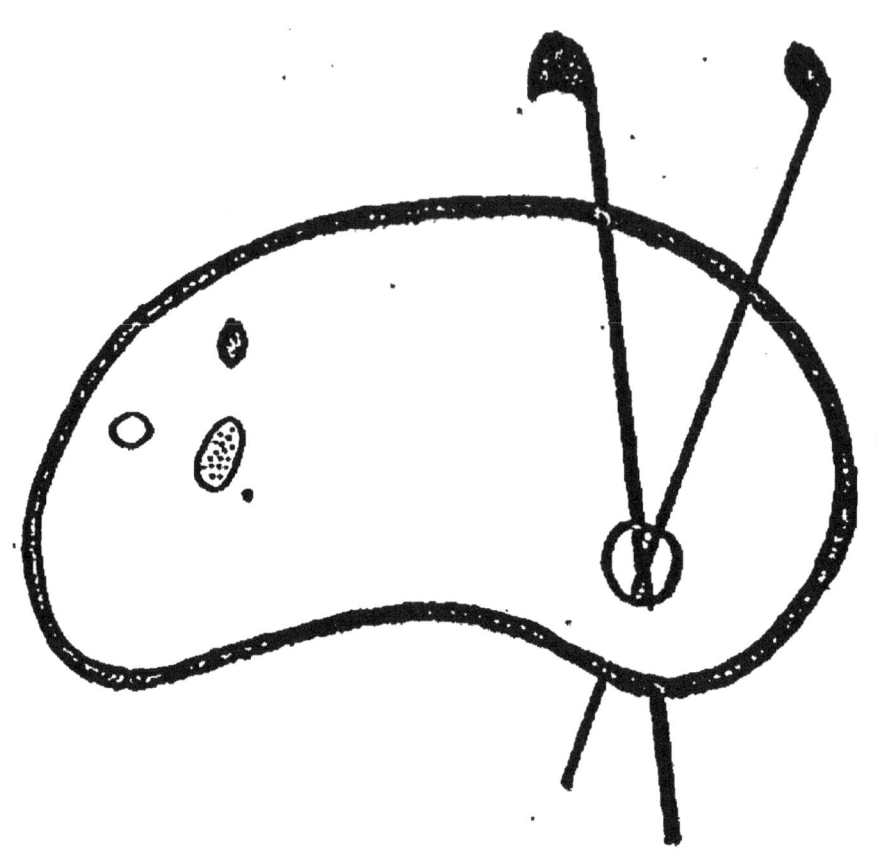

ORIGINAL EN COULEUR
NF Z 43-120-8